# Shit Happens

Steffen Lang

# Shit Happens

Der ganz normale Wahnsinn des Thomas Wagner

**Bibliografische Information der Deutschen Nationalbibliothek**
Die Deutsche Nationalbibliothek verzeichnet diese Publikation
in der Deutschen Nationalbibliografie; detaillierte bibliografische
Daten sind im Internet über http://dnb.d-nb.de abrufbar.

© 2011 Steffen Lang
Umschlagdesign, Satz, Herstellung und Verlag:
Books on Demand GmbH, Norderstedt
ISBN 978-3-8391-9620-5

Mein Name ist Thomas Wagner. Thomas Detlef Wagner, um genau zu sein. Von meinen Freunden werde ich allerdings nur »Tommy« genannt.

Den »Detlef« in meinem Namen habe ich dem Bruder meines Vaters, meinem Patenonkel Detlef Wagner, zu verdanken. Dieser kehrte vor gut zwanzig Jahren Deutschland den Rücken, um in Amerika ins Immobiliengeschäft einzusteigen. Die Greencard, die man als Arbeits- und Aufenthaltsgenehmigung dafür benötigt, hatte der Glückliche zuvor bei einer Verlosung gewonnen, die die USA jedes Jahr bis zum heutigen Tag durchführen.

Ich habe auch schon darüber nachgedacht, an dieser Verlosung teilzunehmen. Vielleicht hätte ich ja auch Glück und gewänne eine *Permanent Resident Card*, wie diese offiziell heißt. Ich brauchte dann nur noch meinen Job und meine Wohnung zu kündigen, mein Erspartes als Startkapital abzuheben und könnte mein Glück in den Vereinigten Staaten versuchen.

Dort soll einem zwar auch nicht alles in den Schoß fallen, aber ich bin noch jung, und es käme eben auf einen Versuch an.

Ich arbeite bei der Firma *P. Johnson* als *Key Account Manager*.

Warum heutzutage immer diese Anglizismen bemüht werden, will sich mir allerdings nicht so recht erschließen. Man kann es nämlich auch verständlicher ausdrücken: Ich arbeite im Vertrieb!

Mein Job stinkt mir gewaltig. Und das nicht nur, weil

man im Vertrieb keine geregelten Arbeitszeiten kennt. Es ist dort durchaus üblich, mehr als fünfzig Stunden pro Woche zu arbeiten. Das wäre ja noch nicht das Schlimmste. Es werden jedoch, egal wie lange man arbeiten muss, nur vierzig Stunden vergütet, und Überstunden abfeiern ist auch nicht drin. Stattdessen bekommt man von Vorgesetzten zu hören, wie miserabel doch das persönliche *Time Management* sei. Dass dies alles andere als motivierend ist, brauche ich wohl nicht zu erwähnen.

Meine Aufgabe besteht darin, Personal an Großfirmen zu vermitteln. Dies funktioniert folgendermaßen: Ein Unternehmen benötigt zum Beispiel einen Fachmann in einem gewissen Bereich für einen bestimmten Zeitraum. Dieser muss dann die von der anfragenden Firma geforderten Voraussetzungen erfüllen und während dieses Zeitraums natürlich auch verfügbar sein. Und er darf das vorgegebene Budget nicht überschreiten. Der Gewinn von *P. Johnson* errechnet sich aus der Differenz zwischen dem, was die Fremdfirma für den Arbeitnehmer zahlt, und dem, was dieser von uns als Lohn erhält.

Solch eine Anfrage kommt in der Regel jedoch nicht morgens um zehn Uhr, sondern gegen halb sieben Uhr abends, per E-Mail. Da die anfragenden Firmen jedoch bereits am nächsten Morgen unser Angebot auf dem Schreibtisch beziehungsweise in ihrem Computer haben wollen und auch die Konkurrenz nicht schläft, muss ich dann meist noch zwei bis drei Stunden in unserer Datenbank stöbern, um einen geeigneten Kandidaten ausfindig zu machen. Sollte ich einen finden, muss dieser schließlich noch kontaktiert und dem Auftraggeber eine E-Mail oder ein Fax, am besten natürlich beides, gesendet werden. Da ich ja mit meinem miserablen *Time Management* schuld daran bin, dass der Kunde abends noch eine Anfrage startet, komme ich selten vor einundzwanzig Uhr nach Hause.

Doch all das ist mir im Moment ziemlich egal. Heute können mir die Probleme an meinem Arbeitsplatz gestohlen bleiben.

Es ist Samstag, und gleich werde ich von Markus, einem ehemaligen Klassenkameraden, abgeholt. Wir wollen heute Abend mal wieder so richtig die Sau rauslassen.

An Disco ist mit zweiunddreißig jedoch nicht mehr zu denken! Zum einen ist das Publikum erheblich jünger als wir, und zum anderen deckt sich der Musikgeschmack von älteren Herren über dreißig nicht mit dem von Teenies. Stattdessen landen wir meist in einer Kneipe, trinken ein paar Bierchen und lassen uns dann häufig angetrunken nach Hause kutschieren.

Es ist mittlerweile Viertel nach acht, und Markus hat sich wieder einmal verspätet. In all den Jahren, in denen wir uns jetzt kennen, war er noch nicht ein einziges Mal pünktlich. Ich glaube, das ist ihm angeboren. Schon in der Schule ist er nie rechtzeitig zu Beginn des Unterrichts erschienen.

Endlich, kurz vor halb neun, klingelt es an meiner Türe.

»Na, du Penner, hast wohl dein *Time Management* wieder nicht richtig im Griff?!«

»Lass dir mal einen anderen Spruch einfallen!«, kontert er und versucht sich mit irgendeiner blöden Ausrede für sein erneutes Zuspätkommen zu entschuldigen. Ich höre ihm allerdings gar nicht richtig zu.

»Wo soll's denn heute hingehen?«, frage ich ihn neugierig.

»Wie wär's denn, wenn wir dem *Drecksack* mal wieder einen Besuch abstatten würden?«

Wusste ich's doch!

Das *Drecksack* ist eine sehr gemütliche Kneipe mit einem zugegeben höchst seltsamen Namen. Dort sitzt man nicht, wie sonst üblich, auf Stühlen, sondern man macht es sich auf alten Sofas, vor denen kleine Tische stehen, bequem.

DRECKSACK, *die Kneipe mit Flair!* steht in großen Leuchtbuchstaben direkt über dem Eingang.

Seit in Kneipen und Restaurants Rauchverbot herrscht, kommen wir öfter hierher.

Früher habe ich mich regelmäßig mit Rauchern angelegt. Ich bin zwar der Meinung, dass jeder das Recht haben sollte, seine eigene Gesundheit zu ruinieren, aber nur solange er dabei niemanden belästigt. So habe ich einmal einen besonders uneinsichtigen Raucher mehrmals darauf hingewiesen, dass es mich störe, wenn er seinen Qualm in meine Richtung blase, und er das doch bitte unterlassen solle, da ich von dem stinkenden Rauch leicht Kopfschmerzen bekomme. Da er nicht reagierte und nun erst recht sein übel riechendes Gift in meine Richtung blies, habe ich versucht, ihn mit Argumenten zu überzeugen, dass Rauchen doch gesundheitsschädlich sei, viel Geld koste und es keinen vernünftigen Grund gebe, diese Glimmstängel zu benutzen. Er lasse sich von so einem intoleranten Arschloch wie mir seine Zigaretten nicht verbieten, und außerdem schränke dies seine persönliche Freiheit ein, bekam ich daraufhin zur Antwort.

Na warte, dachte ich und drückte mir einen gewaltigen Furz aus dem Darm, der trotz der lauten Musik noch zwei Tische weiter zu hören war. Als der Suchtkranke mich böse anschaute, drehte ich den Spieß einfach um und gab ihm zu verstehen, dass ich Bohneneintopf gegessen habe und mir das Furzen nicht verbieten lasse. Ein Furzverbot komme einer Beschneidung meiner Persönlichkeitsrechte gleich. Außerdem solle er nicht so intolerant sein, es handele sich hierbei nämlich um ein Biogas, das im Gegensatz zu seinem Zigarettenqualm keinerlei Gefährdung der Gesundheit darstelle. Diese Aktion hat mich seinerzeit fast meinen Unterkiefer gekostet. Das ist es mir allerdings wert gewesen.

Kaum haben wir Platz genommen, schlägt mir jemand von hinten derart fest auf die Schulter, dass ich denke, ein Vorschlaghammer habe mir mein Schultereckgelenk gesprengt.

»Was macht du denn hier?«, höre ich eine mir bekannte Stimme.

Was für eine dämliche Frage! Was macht man an einem Samstagabend in einer Kneipe?

»Ich warte auf die Straßenbahn«, antworte ich, blicke auf und sehe direkt in ein fettes, aufgedunsenes Gesicht.

»Hey, Christian! Wie geht es dir? Siehst gut aus«, lüge ich.

Christian, der mit seinen Eltern gegenüber dem Haus meiner Großeltern wohnte, kenne ich schon seit meiner frühesten Kindheit, und es ist mir ein Rätsel, wie sich ein Mensch in so kurzer Zeit so sehr verändern kann. Seit unserer letzten Begegnung vor ungefähr zwei Jahren hat er gut und gerne zwanzig Kilo zugenommen, und außerdem hat er eine Bierfahne wie ein Brauereigaul.

»Setz dich zu uns«, biete ich ihm an. »Erzähl mal, was hast du in letzter Zeit so gemacht? Wir haben lange nichts mehr voneinander gehört«, sage ich, um ein Gespräch zu beginnen.

»Ach, lass mich bloß in Ruhe! Meine Frau hat mich letztes Jahr verlassen, und Ende dieses Jahres bin ich auch noch meinen Job los. Meine Firma verlagert unsere gesamte Abteilung nach Polen, um Personalkosten zu sparen und günstiger produzieren zu können.«

»Ach, du Scheiße! Da hast du ja in letzter Zeit eine richtige Glückssträhne.«

»Komm«, sagt Markus, »lass uns erst mal einen trinken!«

»O. k.«

Und so sitzen wir drei bis spät in die Nacht, trinken ein Bier nach dem anderen und bedauern uns gegenseitig.


Plötzlich klingelt das Telefon. Mitten in der Nacht. Mein Kopf dröhnt, und im Magen habe ich ein Gefühl, als müsste ich mir jeden Moment jedes einzelne Bier nochmals durch den Kopf gehen lassen. Mit verschlafener Stimme melde ich mich, und irgendein Idiot brüllt in mein lärmempfindliches Ohr.

»Hey, Tommy, habe ich dich etwa geweckt? Hab ich's mir doch gedacht! Steh endlich auf, wir haben doch um zehn Uhr unser Probetraining im Fitnesscenter.«

»Äh … Stefan, oh ja … ääähm … es ist heute ganz schlecht. Können wir den Termin nicht verschieben? Ich …«

»Hast wohl wieder zu tief ins Glas geschaut gestern Abend, wie?«

»Mir geht es nicht gut.«

»Komm, lass mich jetzt bloß nicht hängen!«

»Ruf dort an, sag, ich wäre krank geworden, und lass dir einen anderen Termin geben.«

»Nein, du fauler Hund. Du machst dich jetzt fertig. Untersteh dich, mich hängen zu lassen. Ich warte auf dich. Tschüss.«

Ohne eine Reaktion meinerseits abzuwarten, legt Stefan auf.

Arschloch! Noch nicht einmal sonntags hat man seine Ruhe! Schließlich war es doch seine Idee, in ein Fitnesscenter zu gehen! Ich kann einfach nicht verstehen, warum Menschen in eine Folterkammer gehen, sich quälen und dafür auch noch Geld bezahlen. Aber gut, ich habe es Stefan versprochen, also muss ich da jetzt wohl durch. Er würde mir sonst ohnehin keine Ruhe mehr lassen.

Wenn ich doch nur wüsste, wann ich nach Hause gekommen bin. Ich kann mich beim besten Willen nicht mehr daran erinnern.

»Wo bleibst du denn so lange? Es ist bereits zehn Minuten nach zehn!,« ruft Stefan quer durch den Eingangsbereich des Studios. »Lass dich einchecken und zieh dich um.«

Jetzt macht der auch noch Hektik. Das kann ich ja überhaupt nicht haben.

Die Dame am Empfang wünscht mir einen »schönen guten Morgen« und überreicht mir einen Spindschlüssel mit der Nummer dreiundachtzig.

»Hallo, ich heiße Karsten und bin der Trainer hier«, grinst uns ein zugegeben recht gut gebauter Mann um die vierzig an. »Übrigens, wir duzen uns hier alle, wenn das für euch o. k. ist.«

»Ich bin Tommy«, sage ich und hoffe, dass die Einweisung nicht zu lange dauert und ich bald wieder ins Bett komme.

Nachdem wir uns alle gegenseitig bekannt gemacht haben, führt uns Karsten zuerst einmal zum Fahrrad-Ergometer – um den Kreislauf in Schwung zu bringen, wie er sagt.

Mein Magen fängt jedoch recht schnell an zu rebellieren. Nach nur fünf Minuten wird mir so schlecht, dass ich denke, ich kotze jeden Moment auf das Display, das mich ständig darauf aufmerksam macht, die zwei Pulsfrequenzmesser zu umfassen.

Anscheinend sieht man mir mein Unwohlsein an.

»Was hast du denn heute Morgen gefrühstückt?«, werde ich nämlich von Karsten gefragt.

»Äh, noch nichts«, antworte ich in der Hoffnung, das Thema sei damit vom Tisch.

»Noch nichts?! Du kannst doch von deinem Körper

keine Höchstleistungen abverlangen, wenn du ihn vorher nicht ausreichend mit Nährstoffen versorgt hast«, will mich unser Trainer belehren.

Wenn du erst frühmorgens besoffen nach Hause kämest, hättest du auch keine Lust zu frühstücken! Außerdem habe ich nicht vor, hier Höchstleistungen zu vollbringen. Warum nur habe ich mich auf das Ganze eingelassen?

»Weißt du was? Ich gebe dir einen Energieriegel aus. Der wird dir guttun.«

Und schon ist dieser Besserwisser verschwunden, um mir nur Sekunden später einen in Glanzfolie verpackten Riegel mit Bananengeschmack unter die Nase zu halten.

Ich muss gestehen, dass dieses Ding wirklich nicht schlecht schmeckt, und es geht mir auch ziemlich schnell wieder besser, was dieser Folterknecht offenbar bemerkt und dies zum Anlass nimmt, Stefan und mir die gesamten Studiogeräte zu erklären. Natürlich müssen wir auch einige ausprobieren.

»Merkt ihr, wie der Muskel während der Übung langsam anfängt zu brennen?«, fragt uns der Typ, der mir immer unsympathischer wird. »Das sind *positive Schmerzen!*«

*Positive Schmerzen?* Volldepp! Es gibt keine positiven Schmerzen. Ist das hier etwa ein SM-Studio, oder was? Positive Schmerzen. Lass dir das doch auf dein T-Shirt drucken, du Idiot!

»Ihr könnt nur Erfolg haben, wenn ihr den Muskel, den ihr gerade trainiert, auch spürt.«

Wenn mir inzwischen nicht mein gesamter Körper *positive Schmerzen* bereiten würde, ich müsste diesen Idioten erwürgen.

Nach circa einer Stunde schweißtreibenden Trainings sind wir endlich erlöst.

»Bis zum nächsten Mal, ich hoffe, wir sehen uns bald wieder«, verabschiedet sich Karsten und nimmt eine etwas korpulente Frau in Empfang, um auch ihr die *positiven Schmerzen* näherzubringen.

Völlig geschafft sitze ich anschließend an der Bar. Stefan hingegen scheint es noch gut zu gehen, denn er fragt mich allen Ernstes, ob es mir auch so viel Spaß gemacht habe und ob wir uns nicht gleich anmelden sollten.

Genau in diesem Augenblick läuft meine Traumfrau an mir vorüber. Durch die lange Radlerhose kann man ihren wohlgeformten, festen Po und ihre strammen Oberschenkel mehr als nur erahnen, und ich bin mir sicher, sie könnte mit ihrem Hintern Walnüsse knacken.

»Hey, ich habe dich gefragt, ob wir uns anmelden sollen!«, höre ich Stefan aus der Ferne rufen. Doch ich habe nur noch Augen für diese Frau. Unauffällig folge ich ihr bis in den Raum, in dem die *Indoor-Cycling*-Fahrräder stehen.

»Du bist neu hier, nicht wahr? Ich bin Sabine und leite diesen Kurs«, stellt sie sich vor.

»Setz dich am besten auf ein Rad in der ersten Reihe, damit ich dich besser im Blick habe. Gerade am Anfang kann man nämlich einiges falsch machen.«

Ich habe nicht vor, auch noch einen Kurs zu besuchen. Ich bin müde und kaputt und habe noch immer diese elenden Kopfschmerzen. Außerdem, warum musst du ausgerechnet eine Trainerin sein?

Doch ich kann und will dieser Schönheit einfach nicht

widersprechen, und so lasse ich mir die Sitz- und Lenkereinstellung sowie die verschiedenen Griffpositionen erklären. Das sogenannte Einfahren zu Beginn und auch den ersten kurzen Spurt kann ich noch relativ leicht mitmachen. Als jedoch das Bergfahren beginnt, spüre ich wieder diese *positiven Schmerzen*, die sich langsam, aber sicher in meinen Beinen ausbreiten. Sie werden schnell immer schlimmer. Ich kann nicht mehr. Jeden Moment müssen die Muskeln reißen.

»Wenn du nicht mehr kannst, drehe einfach den Widerstand heraus und fahre im Leerlauf weiter. Hauptsache, du bleibst in Bewegung!«, ruft sie in meine Richtung.

Ich kann doch vor meiner zukünftigen Ehefrau nicht schlappmachen, fährt es mir durch den Kopf. Du musst durchhalten. Einfach nur durchhalten. Beiß auf die Zähne, Tommy! Du schafft es! Doch der Berg will und will kein Ende nehmen. Und obwohl ich mich ständig selbst anfeuere, kommt es schließlich doch so, wie es kommen musste. Ich bin k. o. und muss aufgeben. Also fahre ich, wie mir geheißen, den Kurs im Leerlauf weiter. Hauptsache in Bewegung bleiben. Das ist gar nicht so einfach. Meine Beine und Waden sind längst übersäuert, und meine Klöten scheuern derart an dem engen Sattel, dass ich hoffe, keine bleibenden Schäden zurückzubehalten.

Irgendwann, nach gefühlten fünf Stunden, habe ich es dann geschafft. Nach dem Applaus für meine baldige Gattin, die ihre Sache anscheinend toll gemacht hat, verlassen die anderen Kursteilnehmer den Saal. Endlich bin ich mit Sabine alleine.

»Mach dir nichts draus, die wenigsten halten das

Tempo und den Widerstand beim ersten Mal bis zum Schluss durch«, versucht sie mich zu trösten. »Aber du bist zu Ende gefahren. Kannst stolz auf dich sein.«

»Danke, aber …«

»Sei mir nicht böse, aber ich muss mich beeilen. Ich habe jetzt im Aerobicraum noch einen Bauch-Beine-Po-Kurs. Mach's gut.«

Und schon ist sie verschwunden. Meine Beinmuskulatur beginnt inzwischen ihren Dienst zu quittieren. Mit einem Gang wie Clint Eastwood in seinen besten Zeiten erreiche ich die Bar. Zu meinem Erstaunen ist Stefan dort mit dem Folterknecht Karsten in ein Gespräch vertieft.

»Hey, Tommy!«, ruft er, als er mich neben sich bemerkt. »Wo bist du denn so lange gewesen? Ich wollte schon eine Vermisstenmeldung aufgeben. Und warum läufst du denn so komisch?«

Ich möchte dich einmal sehen, wie du läufst, wenn dir jemand deine Eier durch einen Fleischwolf gedreht hat.

»Frag nicht, mir tut alles weh. Ich habe gerade einen *Indoor-Cycling*-Kurs besucht. Ich bin fix und alle.«

Dafür habe ich aber meine Traumfrau getroffen. Da muss man halt einfach Opfer bringen. Auch wenn es sich dabei um die eigenen Kronjuwelen handelt.

»Du, ich habe gerade mit Karsten gesprochen. Im Moment bietet der Club in einer Sonderaktion an, den ersten Monat umsonst zu trainieren, wenn man sich bereits nach dem Probetraining für eine Mitgliedschaft entscheidet.«

»Aha, und jetzt willst du wissen, ob ich …«

»Komm, lass uns Nägel mit Köpfen machen!«

Ich habe ja keine andere Wahl. Ich will ja meine Walnuss knackende Schönheit wiedersehen. Und so setzen wir jeweils unsere Unterschrift unter einen zwölf Monate laufenden Mitgliedsvertrag in einem Fitnesscenter.

Zu Hause angekommen, befolge ich umgehend Stefans Rat und lege mich in die mit heißem Wasser gefüllte Badewanne. Er meint, das mache den Muskelkater am nächsten Tag erträglicher. Wenn man sich einmal an die hohe Wassertemperatur gewöhnt hat, ist das auch wirklich entspannend. So sehr sogar, dass ich einschlafe und erst wieder aufwache, als das Wasser auf gefühlte fünf Grad Celsius abgekühlt ist.

Halb erfroren und völlig kaputt schleppe ich mich in die Küche, um mir das übrig gebliebene Essen vom Vortag aufzuwärmen. Mann, habe ich jetzt einen Durst! Während meine Nudeln in der Mikrowelle erhitzt werden, stürze ich, völlig dehydriert vom schweißtreibenden Training, eine volle Mineralwasserflasche auf ex hinunter. Jeder in der Brunftzeit befindliche Hirsch würde bei dem Geräusch meines anschließenden Rülpsers vor Neid erblassen. Der Luftzug ist dabei so gewaltig, dass man jemandem damit die Haare föhnen könnte. Lustlos esse ich den Teller voll Nudeln und lasse das schmutzige Geschirr dann einfach auf dem Tisch stehen. Ich bin zu müde, um jetzt noch aufzuräumen. Nach dem Zähneputzen begebe ich mich umgehend ins Bett. Ich besitze gerade noch so viel Energie, um mir meinen Wecker zu stellen. Es dauert keine zwei Minuten und ich schlafe ein. In dieser Nacht träume ich, wie sollte es anders sein, von …

Sabine.

Rrrring! … Rrrring!, dröhnt es in mein Ohr. Das kann nicht sein! Ich bin doch gerade erst eingeschlafen. Bestimmt ist mir beim Stellen des Weckers ein Fehler unterlaufen. Ich will noch nicht aufstehen. Gerade hat mich Sabine geküsst. Rrrring! … Rrrring! Nach einem Blick auf das lärmende Ungetüm wird mir jedoch schnell bewusst, dass es sich dabei um kein Versehen handelt. Es ist wirklich schon Zeit zum Aufstehen. Ich möchte diesen verdammten Wecker am liebsten an die Wand klatschen. Rrrring! … Rrrring! Ja, ja, schon gut. Ich gebe auf. Du hast gewonnen. Langsam quäle ich mich aus dem Bett. Meinem Kopf geht es inzwischen wieder gut, dafür spüre ich jetzt in jedem einzelnen Muskel meines Körpers *positive Schmerzen*. Besonders positiv fühlen sich dabei meine Beine und Waden an. Niemals zuvor habe ich einen so heftigen Muskelkater gehabt.

Nach dem Frühstück, das heute sehr üppig ausfällt, schließlich müssen meine Muskeln ja mit Nährstoffen versorgt werden, schleppe ich mich ins Badezimmer. Nach dem ausgiebigen Bad vom Vorabend beschränke ich mich heute Morgen darauf, nur das Notwendigste zu waschen. Rasieren fällt gänzlich aus. Zum einen habe ich keinen Kundentermin, und zum anderen bin ich jetzt einfach zu faul dazu.

Ins Büro, das sich in unmittelbarer Nähe des Mannheimer Carl-Benz-Stadions befindet, habe ich zwar nur fünfhundert Meter zu laufen, doch angesichts meiner malträtierten Beine ziehe ich es vor, die eine Station mit der Straßenbahn zurückzulegen. Ich habe Glück, ich muss keine zwei Minuten warten. Kaum bin ich jedoch zugestiegen, tippt mir ein Mann mittleren Alters auf die Schulter.

»Entschuldigung, Ihre Fahrkarte, bitte!«

Was?! Das darf doch wohl nicht wahr sein! Jetzt fahre ich das erste Mal seit meiner Schulzeit mit der Straßenbahn, noch dazu nur wenige Meter, und prompt passiert mir so eine Kacke.

»Hören Sie, ich bin eben gerade eingestiegen und muss an der nächsten Station schon wieder raus. Mir tun nämlich die Beine tierisch weh und ich dachte …«

»Ihren Fahrausweis bitte!«

»Ich habe leider keine Zeit. Ich muss jetzt aussteigen.«

»Gerne, aber zuerst will ich Ihren Fahrausweis sehen.«

»Ich habe keinen, verdammt! Ich will doch nur diese eine Station mitfahren.«

»Wenn Sie keinen gültigen Fahrschein besitzen, muss ich ein Bußgeld in Höhe von vierzig Euro kassieren.«

»Jetzt machen Sie aber mal einen Punkt! Ich habe Ihnen doch schon zweimal gesagt, dass ich gleich wieder aussteige.«

»Fakt ist, Sie benutzen, ohne im Besitz eines gültigen Fahrausweises zu sein, ein öffentliches Verkehrsmittel. Aus diesem Grund ist es meine Pflicht, Sie mit einem Bußgeld zu verwarnen. Sollten Sie sich weigern, muss ich mir Ihre Personalien notieren und …«

Mittlerweile sind wir schon längst an meiner Station vorbeigefahren.

»Passen Sie auf! Hier sind zwanzig Euro. Ich steige jetzt aus, Sie behalten die zwanzig Euro, machen sich damit einen schönen Tag, und wir vergessen den ganzen Vorfall hier.«

»Wollen Sie mich etwa bestechen?«

»Nein, ich will Ihnen nur etwas Ihr Gehalt aufbessern. Ist bestimmt nicht leicht den ganzen Tag …«

»Ihren Personalausweis bitte!«

Das gibt es doch nicht. Ist das ein arrogantes Arschloch!

»Also gut. Hier haben Sie Ihre blöden vierzig Euro.«

Nachdem mir dieser pflichtbewusste Kontrolleur eine Quittung ausgestellt und mich ermahnt hat, das Schwarzfahren in Zukunft zu unterlassen, darf ich endlich die Straßenbahn verlassen. Da ich nun aber drei Stationen zu weit gefahren bin, muss ich meinen armen Beinen einen fast zwei Kilometer langen Fußmarsch zumuten.

Bei *P. Johnson* angekommen, benutze ich zum ersten Mal in meiner über fünfjährigen Tätigkeit in diesem Haus den Fahrstuhl. Es wäre mir ansonsten unmöglich, in den dritten Stock zu gelangen.

»Hi, Tommy! Bist du verletzt? Du läufst so komisch«, begrüßt mich Ludgolf, ein Kollege, der mir bei der Arbeit gegenübersitzt.

Es befinden sich neunzehn Mitarbeiter in diesem Großraumbüro, und ausgerechnet ich muss diesen Kerl ertragen! Tja, einer muss halt die Arschlochkarte ziehen, und das bin in der Regel nun mal ich. Ludgolf, was ist das überhaupt für ein Name? Der klingt genauso bescheuert, wie dieser Typ aussieht! Mit seinen dünnen Beinchen, seinem abgemagerten Oberkörper, dem blassen Gesicht und den langen dünnen Haaren sieht er aus wie ein drogensüchtiger Neandertaler. Sein langer Hals hat ihm zudem den Spitznamen »Giraffe« eingebracht.

»Ich habe mir heute Nacht fast das Hirn rausgevögelt! Sabine konnte gar nicht genug kriegen. Die ist jetzt so kaputt, dass sie sich heute einen Tag frei genommen hat. Mann, war das eine Nacht!«

»Wer ist denn Sabine?«, fragt mich diese – jetzt mit großen Augen anstarrende – Gestalt.

»Das geht dich gar nichts an.«

»Komm schon, ist die wirklich so unersättlich im Bett?«

»Das würdest du gerne wissen, was? Ach, übrigens, wäre es zu viel verlangt, wenn ich dich bitte, mir einen Kaffee zu holen? Ich kann mich kaum bewegen.«

Dem Gesichtsausdruck nach zu urteilen, nimmt mir die Giraffe meine angeblich animalische Liebesnacht tatsächlich ab. Der ist ja noch dämlicher, als ich dachte. Natürlich lasse ich ihn im Glauben, einem Hengst gegenüberzusitzen, und versuche mich auf meine Arbeit zu konzentrieren.

Ich verbringe den gesamten Vormittag damit, mich bei unseren Ansprechpartnern verschiedener Firmen über deren Zufriedenheit mit den von uns vermittelten Mitarbeitern zu vergewissern. Nach meiner Mittagspause versuche ich neue Kunden zu akquirieren und diese von einer Zusammenarbeit mit *P. Johnson* zu überzeugen. Dies zählt zu den schlimmsten Aufgaben meines Zuständigkeitsbereichs. Du musst stets freundlich sein, auch wenn am anderen Ende der Leitung ein unmotivierter und genervter Abteilungsleiter, in manchmal unverschämter Art und Weise, dir sein Desinteresse zum Ausdruck bringt. Ich komme mir dabei häufig wie ein Hausierer vor, der auf der Straße von Tür zu Tür eilt, um Zeitschriften zu verkaufen, und dabei wie Abschaum behandelt wird. Dabei wäre unser Angebot für viele Groß- und mittelständige Unternehmen eine enorme Erleichterung. Diese müssten dann nicht selbst auf die Suche nach geeignetem Personal gehen, was eine große Zeitersparnis wäre. Leider weiß dies nicht jeder zu schätzen. Das kann manchmal ziemlich frustrierend sein.

Aber irgendwann neigt sich auch dieser Arbeitstag seinem Ende entgegen, und da heute keine Anfrage zu später Stunde eingegangen ist, komme ich wohl einigermaßen pünktlich hier raus. Morgen wird es dagegen ein weitaus anstrengenderer und längerer Tag werden. Bereits um acht Uhr dreißig habe ich ein Treffen in Stuttgart, bei einer dort ansässigen Firma namens Bauder GmbH. Diese benötigt dringend einen Computerspezialisten zum Ausbau des firmeninternen Intranets. Ich stelle einen unserer Kandidaten vor und hoffe, den Richtigen in unserer Datenbank gefunden zu haben. Dies bedeutet jedoch, dass ich bereits gegen halb sieben aufbrechen muss. Also besorge ich mir noch schnell einen Audi A3 aus unserem Fuhrpark und fahre damit nach Hause.

Kaum bin ich in meiner Wohnung angekommen, klingelt auch schon das Telefon.

»Hey, Tommy, Stefan hier, wird Zeit, dass du dir endlich ein Handy zulegst. Ich habe schon den ganzen Tag versucht, dich im Geschäft zu erreichen. War aber immer besetzt. Du bist wohl der einzige Mensch auf diesem Planeten, der noch kein Handy besitzt. So kann das doch nicht …«

»Ja, ja, schon gut. Was willst du?«, unterbreche ich ihn.

»Ich habe mich gefragt, ob du wohl Lust hast, heute Abend noch mit ins Studio zu gehen.«

»Ich … Heute … Ich kann mich kaum bewegen vor lauter Muskelkater.«

»Selbst schuld! Was musst du auch nach unserem Probetraining noch an einem Kurs teilnehmen?! Lass uns doch wenigstens zur Entspannung in die Sauna gehen.«

Entspannung klingt gut, und so sage ich Stefan, in der Hoffnung, Sabine zu treffen, nach kurzer Überlegung zu.


Fast zeitgleich treffen Stefan und ich im Studio ein. Nachdem wir unsere Wertsachen weggeschlossen haben, begeben wir uns in den Nassbereich. Wir haben Glück. Die Sauna scheint nicht gerade gut besucht zu sein. So können wir das Saunieren wenigstens in Ruhe genießen.

Kaum haben wir zum zweiten Durchgang Platz genommen, öffnet sich die schwere Holztüre, und ein Walross ungeahnten Ausmaßes bahnt sich seinen Weg in den letzten Winkel des Raumes. Das ist doch … Das kann doch nicht sein!

»Hey, Christian, bist du's wirklich?« Das Walross blickt zu mir herüber.

»Tommy? … Du hier? Ich habe dich gar nicht erkannt. Komisch, erst sehen wir uns eine Ewigkeit nicht und nun gleich zweimal kurz hintereinander. Willst dich wohl wieder etwas in Form bringen, was?«

Nein, ich bin scharf auf die blonde Schönheit im *Indoor-Cycling*-Kurs.

»Du hast das Training aber nötiger als ich. Hast ganz schön zugenommen. Ich wette, du hast schon Spiegeleier.«

»Spiegeleier?«

»Ja, dein Bauch ist mittlerweile so dick geworden, ich glaube, du kannst deine Eier nur noch im Spiegel sehen.«

»Sehr witzig. Ich lach mich tot.«

»Ist doch so!«

»Könnt ihr nicht endlich mal die Klappe halten? Ich versuche mich hier zu entspannen«, unterbricht uns Stefan. Spielverderber!

Die Liegen im liebevoll gestalteten Ruheraum sind wirklich bequem. Vielleicht sogar etwas zu sehr, denn kaum haben wir drei es uns gemütlich gemacht, beginnt das Walross mit dem Absägen eines ganzen Urwalds.

»Christian … Christian!«, ruft der Spielverderber sichtlich genervt. Doch das Sägen will einfach nicht verstummen. Erst als Stefan das Walross fast von der Liege stößt, kommt es langsam zu sich.

»Was ist los? … Oh, jetzt wäre ich aber beinahe eingeschlafen.«

»Beinahe eingeschlafen? Du hast so laut geschnarcht, dass man Angst um sein Trommelfell haben musste. Dies hier ist ein Ruheraum und kein Schlaflabor für Extremschnarcher!«

»Ja, ja, schon gut! Tut mir leid! Das kann man aber auch etwas freundlicher sagen!«

Um die beiden Streithähne zu unterbrechen, schlage

ich vor, einen weiteren Durchgang zu machen. Und so befinden wir uns einige Sekunden später erneut im Schwitzkasten.

Als Christian anschließend wiederum im Ruheraum einnickt, beschließen Stefan und ich, ihn einfach schlafen zu lassen. Bei dem Geschnarche hat man ja ohnehin keine Ruhe, und so setzen wir uns nach dem Duschen an die Bar, um einen isotonischen Drink zu genießen, der die herausgeschwitzten Mineralstoffe ersetzen soll. Dieses Zeug, das in verschiedenen Geschmacksrichtungen und Farben angeboten wird, schmeckt wirklich lecker. Und so genehmigen wir uns noch einige Gläser, bis wir schließlich alle sechs zur Auswahl stehenden Sorten probiert haben.

»Ist denn Sabine heute nicht da? Ich habe sie noch gar nicht gesehen«, erkundige ich mich beim Barkeeper, der mit seinem nicht zu übersehenden Übergewicht keine gute Werbung für ein Fitnesscenter abgibt.

»Nein, Sabine hat heute frei. Sie gibt erst übermorgen wieder Kurse. Aber schau doch mal auf den Kursplan, da kannst du sehen, wer wann welche Stunden leitet.«

»Bist wohl scharf auf die Kleine, was?!«, will Stefan wissen. »Habe ich dir schon beim letzten Mal angesehen.«

»Was meinst du? Ob Christian immer noch pennt?«

»Nicht ablenken! Gib's zu, ich habe recht.«

»O. k., o. k., sie ist ganz süß.«

»Wusste ich's doch!«

»Na und, lass mich in Ruhe!«

»Jetzt sei doch nicht so empfindlich! Ist doch nichts dabei! Sabine sieht wirklich nicht schlecht aus.«

»Komm, lass uns gehen! Ich muss morgen früh raus.«

»O. k., wechseln wir das Thema.«

»Nein, ich meine es ernst. Ich muss wirklich ins Bett, sonst bin ich morgen todmüde.«

Nachdem wir bezahlt und uns vom Barkeeper verabschiedet haben, verlassen wir das Studio. Zuvor nehme ich mir jedoch noch einen der am Ausgang ausliegenden giftgrünen Kurspläne mit.

Die Fahrt nach Stuttgart verläuft besser, als ich dachte. Kein Stau, kein großes Verkehrsaufkommen; alles läuft wie geschmiert.

Ich betrete das Gebäude durch den Haupteingang und nehme auf einer ziemlich teuer aussehenden Ledercoach direkt neben dem Aufzug Platz. Ich sitze dort keine zwei Minuten, da kommt ein Mann mittleren Alters mit grau meliertem Haar auf mich zu.

»Sind Sie Herr Wagner?«

»Herr Weidner?!«

»Guten Morgen. Angenehm!«

»Guten Morgen. Ganz meinerseits! Haben Sie Ihre Unterlagen alle dabei?«

»Selbstverständlich.«

»Super! Dann lassen Sie uns doch unser Glück versuchen.«

Als wir das Büro unseres Ansprechpartners, Herrn Vogel, um Punkt acht Uhr dreißig betreten, erwartet uns dieser bereits.

»Guten Morgen, die Herren. Pünktlich wie die Handwerker!«

Wenn der wüsste! Heutzutage sind Handwerker alles andere als zuverlässig und schon gar nicht pünktlich. Das habe ich erst vor einigen Wochen am eigenen Leib erfahren dürfen, als ich einen Fliesenleger beauftragte, mein Bad nach einem Wasserrohrbruch neu zu fliesen. Aber das ist eine ganz andere Geschichte.

»Ja, wie immer, Herr Vogel! Sie wissen doch, Pünktlichkeit ist mein zweiter Vorname«, schleime ich.

Wie so oft dauert das Gespräch bei der Bauder GmbH nicht lange, und unser Kandidat Herr Weidner hinterlässt einen recht guten Eindruck. Bereits kurz nach neun ist unsere Unterredung beendet, und sichtlich zufrieden lädt mich Herr Vogel anschließend in die firmeneigene Cafeteria ein. Mit seiner witzigen Art und seinem leicht schwäbischen Akzent ist mir Herr Vogel schon bei unserer ersten Begegnung vor einigen Monaten sympathisch gewesen. Natürlich kann ich seine Einladung nicht ausschlagen, denn schließlich ist ein gutes Verhältnis auch wichtig fürs Geschäft.

Noch niemals zuvor habe ich einen so leckeren Käsekuchen gegessen. Aber auch der Apfelstrudel ist nicht zu verachten. Bezahlt wird übrigens mit einer Karte, die man sich an einem Automaten zuvor aufladen lassen kann. So kann man auf dem gesamten Firmengelände bargeldlos bezahlen. In Sachen Freundlichkeit und Menschlichkeit können sich andere Firmen, mit denen ich zusammenarbeite, hier eine große Scheibe abschneiden.

Erst gegen elf Uhr verlasse ich vollgefuttert und glücklich, einen Abschluss gemacht zu haben, das Gebäude, nicht ohne mich noch einmal für das Vertrauen in die Zusammenarbeit und das gute Essen zu bedanken.

Wenn jetzt nichts mehr dazwischenkommt, sitze ich in weniger als zwei Stunden am Schreibtisch und bearbeite meine E-Mails.

Aber es kommt natürlich etwas dazwischen! Kurz vor dem Mannheimer Kreuz stehe ich plötzlich im Stau. Nichts geht mehr! Im Autoradio ertönt dieses schreckliche Piepgeräusch, das die Verkehrsnachrichten ankündigt.

»Achtung, eine wichtige Durchsage für die Autofahrer! Auf der A 6 Karlsruhe in Richtung Mannheim hat es einen Unfall gegeben. Ein LKW hat dabei seine gesamte Ladung verloren. Die Strecke ist zurzeit voll gesperrt. Ortskundigen wird dringend empfohlen, dieses Gebiet weitläufig zu umfahren. Wir melden es, wenn die Vollsperrung wieder aufgehoben ist. Achtung, Vollsperrung auf der A 6 …«

Na toll! Hättest du ja mal etwas früher durchsagen können. Sollte es hier länger dauern, komme ich wieder erst sehr spät aus dem Büro.

Und es dauert länger! Nach einer guten halben Stunde des Wartens überkommt mich ein komisches Gefühl im Unterbauch, das von Minute zu Minute unangenehmer wird.

Ich muss pinkeln! Ausgerechnet jetzt! Hätte ich bloß nicht so viel Kaffee zum Kuchen getrunken!

Ich versuche mich durch das Hören von lauter Musik abzulenken. Es hilft nichts. Auch das Mitsingen bringt nicht den gewünschten Effekt. Der Harndrang wird immer stärker, und irgendwann wird das Gefühl, die Blase entleeren zu müssen, fast unerträglich. Tausend Gedanken schießen mir durch den Kopf. Ich muss durchhalten.

Hoffentlich wird die Strecke bald wieder freigegeben. Ich kann doch jetzt nicht einfach aussteigen und die Leitplanke gießen.

Wie sähe das denn aus?! Was würden die anderen Autofahrer wohl dazu sagen?

Obwohl – es gibt bestimmt nur sehr wenige Menschen, die von sich behaupten können, beim Pinkeln circa eintausend Zuschauer gehabt zu haben.

Jetzt halte ich es aber nicht länger aus. Ich will gerade aussteigen, um dem Publikum eine tolle Show zu bieten, da fällt mein Blick wie zufällig auf eine leere Eineinhalb-Liter-Colaflasche im Fußbereich des Beifahrersitzes. Wer hat die denn hier liegen lassen? Man soll doch den Firmenwagen immer aufgeräumt verlassen. Aber in diesem Moment bin ich froh, dass es noch solche Schmutzfinken in unserer Firma gibt … hoffentlich ist die Flasche auch groß genug.

Dem Druck nach zumindest könnte ich ein gesamtes Schwimmbecken füllen. Doch Gott sei Dank erweist sich das Flaschenvolumen als vollkommen ausreichend.

Ziemlich erleichtert und froh, keinen Tropfen verschüttet zu haben, schraube ich den Verschluss auf die Flasche und lege sie, damit ich sie später ja nicht vergesse, auf den Beifahrersitz.

Kurz darauf bahnen sich zwei Feuerwehrautos, zwei Polizeiautos und ein Krankenwagen einen Weg durch den Stau. Endlich! Jetzt wird die Fahrt ja bald weitergehen. Denke ich zumindest. Doch falsch gedacht! Erst gut eine Stunde später wird die Strecke für den Verkehr wieder freigegeben.

Kaum bin ich angefahren, steigt mir ein beißender Geruch in die Nase.

Ob es schon wieder einen Chemieunfall gegeben hat? Würde mich nicht wundern bei den vielen hier ansässigen Firmen. Von Weitem schon sind die mächtigen Schornsteine zu erkennen, die die Städte Mannheim und Ludwigshafen mit ihren Abgasen erfreuen. Kein Wunder, dass wir in der Metropolregion Rhein-Neckar die höchste Krebsrate von ganz Deutschland haben!

Es hat ja schon des Öfteren seltsam gerochen, und stets wurde versichert, dass keine Gefahr für die Bevölkerung bestehe. Zwar sollte man die Fenster geschlossen halten und bei Atembeschwerden einen Arzt konsultieren, aber gefährlich ist natürlich kein Vorfall gewesen. Manchmal wurde dann noch der Sand von Spielplätzen im Umkreis von rund zehn Kilometern ausgetauscht, und danach hat man nie wieder etwas davon gehört.

Doch dieser Gestank ist anders. Er erinnert mich irgendwie an … an … Urin! Langsam und unsicher wandert mein Blick auf den Beifahrersitz.

»Scheiße … ! Scheiße! So eine riesengroße Scheiße!«

Mit Entsetzen muss ich feststellen, dass der Sitz schon ziemlich gut mit Urin durchtränkt ist und sich die Hitze im Auto damit zu einem die Nasenschleimhaut verätzenden Gestank vermischt. Der Verschluss muss irgendwie undicht sein, denn er befindet sich nach wie vor auf dem Flaschenhals.

So kann ich doch den Wagen unmöglich abgeben! Typisch, dass ausgerechnet mir so etwas passieren muss.

Zum Glück komme ich nach nur wenigen hundert Metern an einer Tankstelle vorbei, an der ich mich dieser Flasche entledigen kann und mir einen Wunderbaum mit Tannenduft besorge. Diesen platziere ich am Rückspiegel. Hoffentlich neutralisiert der Tannenduft den Geruch ein wenig.

Nach meiner Ankunft am Firmengebäude von *P. Johnson* parke ich den Wagen in der Tiefgarage, gebe den Schlüssel im Büro des Fuhrparks ab und eile in der Hoffnung, niemand werde mein Missgeschick bemerken, an meinen Schreibtisch.

»Wo kommst du denn jetzt her? Ich dachte, du hättest deinen Termin schon ganz früh gehabt. Wieso hat es denn so lange gedauert?«, nervt mich die Giraffe.

»Ich hab im Stau gestanden.«

»Tja, *shit happens*! Und, wie ist es gelaufen? Hast du einen Abschluss gemacht?«

»Ja, hat alles hervorragend geklappt.«

»Toll, gratuliere! Ich muss übrigens morgen nach Köln fahren, um bei der Firma *Obert* einen Kandidaten vorzustellen.«

Wer will denn das wissen? Ist mir doch egal, was der macht.

»Mein Zug fährt um sechs Uhr fünfunddreißig, und um acht Uhr dreiunddreißig komme ich am Kölner Hauptbahnhof an.«

Laber nicht so viel, das nervt! Ich kann diesen Kerl einfach nicht ausstehen.

»Drück dir die Daumen!«

»Dank dir … Ääh, Tommy?«

Was ist denn jetzt noch? Lass mich doch einfach nur in Ruhe!

»Ja, mein Lieblingskollege?«

»Komm, erzähl mir etwas über deine Sabine.«

Aha, er hat sich also den Namen gemerkt!

»Wie sieht sie denn aus? Ist sie groß oder eher klein? Was für eine Haarfarbe hat sie denn: blond, schwarz, braun oder rot? Und ist sie wirklich so eine Granate im Bett?«

Jetzt fängt der Typ ja schon wieder mit dem Thema an. Hätte ich gestern bloß nichts gesagt.

»Halt doch endlich die Klappe, du nervst! Außerdem habe ich jetzt zu arbeiten.«

»Man wird doch noch fragen dürfen, oder?«

»Nein, darf man nicht!«

»Wie bist du denn heute drauf?«

Oh, leck mich doch!

Wie nicht anders zu erwarten, ist es wieder spät geworden, ehe ich aus dem Büro komme. Zum Glück hat Ludgolf, die alte Nervensäge, etwas früher seinen Arbeitsplatz verlassen. So habe ich zumindest zum Schluss ein wenig Ruhe vor diesem Trottel.

Heute werde ich Sabine wiedersehen, ist mein erster Gedanke, als ich am Morgen erwache. Ein Blick auf meinen am Kühlschrank hängenden Kursplan verrät mir, dass sie um neunzehn Uhr einen *Indoor-Cycling*-Kurs gibt und gegen einundzwanzig Uhr Fitnessboxen unterrichtet.

Vielleicht ist ja heute im Geschäft nicht viel los, und hoffentlich kommt nicht noch kurz vor Feierabend ein Auftrag herein. Zumindest den zweiten Kurs möchte ich nämlich gerne besuchen.

Mein Arbeitstag verläuft völlig unspektakulär. Ludgolf ist zum Glück in Köln und kann mir so keinen Müll ans Ohr labern. Auch sonst ist wenig zu tun. So vertreibe ich mir die Zeit damit, Kaffee zu trinken und E-Mails zu beantworten. Zwischendurch nehme ich noch Ludgolfs Telefongespräche entgegen, die sich jedoch an einer Hand abzählen lassen. Alles in allem ist es ein sehr ruhiger Arbeitstag. Das tut nach all dem Stress der letzten Zeit einmal richtig gut. Doch dann kommt, was kommen musste! Kurz vor Feierabend, ich fahre gerade den Computer herunter, klingelt mein Telefon.

»P. Johnson, guten Abend. Mein Name ist Thomas Wagner. Was kann ich für Sie tun?«

»Helmut Retkowski, Firma *Liebers AG*, guten Abend, Herr Wagner. Tut mir leid, dass ich Sie um diese Zeit noch anrufe …«

Ja, ja, von wegen. Nichts tut dir leid, du blöder Schwätzer.

»Wir benötigen schnellstmöglich einen Pharmazeuten …«

Und das am besten schon gestern, stimmt's? Oh, wie ich meinen Job hasse!

»Ich maile Ihnen am besten das Anforderungsprofil gleich zu, Herr Wagner. Lassen Sie es mich bitte umgehend wissen, wenn Sie einen passenden Kandidaten gefunden haben. Es ist nämlich sehr dringend.«

»Selbstverständlich, kein Problem! Ich werde mich sofort an die Arbeit machen. Morgen früh haben Sie bereits das Ergebnis auf Ihrem Schreibtisch liegen. Sie können sich dabei voll und ganz auf mich verlassen.«

»Vielen Dank, Herr Wagner, und einen schönen Feierabend wünsche ich Ihnen.«

»Danke gleichfalls, auf Wiederhören!«

So ein Arsch! *Einen schönen Feierabend wünsche ich Ihnen!* War das eben ernst gemeint oder ironisch? Von dir lasse ich mir meinen wohlverdienten Feierabend nicht verderben!

Ich schwöre mir, während ich den Computer wieder hochfahre, nicht länger als eine Stunde dafür zu verwenden. Sollte es mir während dieser Zeit nicht gelingen, jemanden zu finden, hat dieser Arsch eben Pech gehabt. Basta!

Zu meinem Erstaunen benötige ich jedoch keine zehn Minuten, um einen Pharmazeuten mit den gewünschten Anforderungen in unserer Datenbank aufzuspüren.

Durch einen kurzen Anruf kläre ich dessen Verfügbarkeit und die finanziellen Rahmenbedingungen ab, und nur eine halbe Stunde nach Herrn Retkowskis Anruf landet eine E-Mail bei der *Liebers AG.*

Toll, so schnell habe ich noch nie eine Anfrage bearbeitet.

Wenn ich mich jetzt beeile, dann bin ich noch rechtzeitig zum Fitnessboxen im Studio. Sabine, ich komme!

Nach einer kleinen Mahlzeit zu Hause, um nicht nochmals Kreislaufprobleme beim Training zu bekommen, mache ich mich unverzüglich auf den Weg.

Kaum ist die Tür ins Schloss gefallen, wird mir allerdings bewusst, dass ich meine Tasche mitsamt den Sportklamotten vergessen habe. Also noch mal schnell zurück!

Wo ist denn jetzt mein Wohnungsschlüssel? Verdammt, wo habe ich ihn nur? Der wird doch nicht etwa …?! Doch, ich habe ihn von innen stecken lassen! Na toll! Wie komme ich jetzt bloß wieder in die Wohnung?

Kurze Zeit denke ich tatsächlich darüber nach, die Tür einzutreten, um mir so Zutritt zu verschaffen. Da ich aber ein vernünftiger Mensch bin, beschließe ich stattdessen, den Schlüsseldienst zu verständigen.

Ein Telefon, wo bekomme ich ein Telefon her?

Ungeduldig läute ich bei Herrn Mayer, meinem Nachbarn, Sturm.

Herr Mayer wohnt schon seit gut zwei Jahren neben mir, und gesehen haben wir uns während der gesamten Zeit höchstens ein Dutzend Mal. Aber so ist dies nun einmal, wenn man den ganzen Tag berufstätig ist und in einem anonymen Mietshaus wohnt.

Unaufhörlich betätige ich den Klingelknopf. Hoffentlich ist er auch daheim.

»Ja, ja, ich komm ja schon!«, höre ich ihn rufen. Er öffnet die Tür.

»Herr Wagner, guten Abend. Was verschafft mir die Ehre?«

»Äh, hallo, Herr Mayer, dürfte ich vielleicht kurz Ihr Telefon benutzen? Ich habe mich nämlich gerade ausgesperrt.«

»Ausgesperrt?! So ein Pech aber auch! Na ja, *shit happens*! Aber natürlich, kommen Sie doch rein.«

Nachdem ich den Schlüsseldienst informiert und mich bei Herrn Mayer bedankt habe, vergehen exakt dreiundvierzig Minuten, ehe mein Retter eintrifft.

Mit nur einem Handgriff öffnet dieser die Tür zu meiner Wohnung. Dazu benutzt er einen Gegenstand, dessen Größe und Form sehr einer gewöhnlichen Kreditkarte ähnelt. In höchstens fünf Sekunden ist seine Arbeit vollbracht.

»Vielen Dank, was bin ich Ihnen schuldig?«

»Fünfundsiebzig Euro.«

»Was ... ?«

Fünfundsiebzig Euro?! Das ist doch Wucher!

»Fünfundsiebzig Euro für fünf Sekunden Arbeit. Da haben Sie aber einen tollen Stundenlohn. Das ist jetzt nicht Ihr Ernst, oder?«

»Doch, natürlich! Normalerweise kostet das Türöffnen fünfzig Euro. An Sonn- und Feiertagen und werktags nach achtzehn Uhr muss ich einen Aufpreis von fünfundzwanzig Euro berechnen. Sie können noch froh sein, dass ich nur zwei Straßen entfernt wohne. Ich bin zu Fuß gekommen und bestehe deshalb nicht noch auf die Anfahrtspauschale.«

Braucht dieser Idiot fast eine dreiviertel Stunde für diesen kurzen Weg! Hat der sich unterwegs verlaufen?

Da ich keine andere Wahl habe, gebe ich diesem Halsabschneider widerwillig seine fünfundsiebzig Euro.

Ich hätte die Tür doch eintreten sollen!

Statt eines Trinkgeldes überreiche ich dem verdutzten Türöffner eine Dose Cola, damit er auf seinem langen Fußmarsch unterwegs nicht noch verdurstet.

Als ich im Studio ankomme, ist der Kurs natürlich in vollem Gange. Da ich nun schon einmal hier bin, beschließe ich, mir an den Geräten *positive Schmerzen* zuzufügen.

Nach einer Weile, ich quäle mich gerade an einer Bankdrückmaschine, sehe ich eine Gruppe durchgeschwitzter und total erschöpfter Gestalten den Aerobicraum verlassen. Einige Kursteilnehmer sehen aus, als würden sie ohne ärztliche Behandlung und ohne Infusionen den Abend nicht überleben. Wahrscheinlich habe ich Glück gehabt, dass ich zu spät gekommen bin. Zu meinem Erstaunen befindet sich auch Stefan unter den Patienten.

»Hey, Stefan, wie siehst du denn aus? Hast du gerade geduscht?«

»Tommy, du Arsch! Du hast gut reden, du hast dich ja gedrückt! Es war ganz schön anstrengend, aber es macht tierisch viel Spaß.«

»Ja, man sieht's!«

»Depp! Wo warst du eigentlich? Ich dachte, du würdest mitmachen, wenn dein Schatz den Kurs leitet.«

»Halt's Maul, ich …«

Doch dann verschlägt es mir die Sprache. Die wohl atemberaubendste Frau des Planeten verlässt als Letzte den Saal, in dem sie die Mitglieder zum Schwitzen gebracht hat, und betritt nun den Geräteraum.

Du könntest mich auch mal zum Schwitzen bringen, aber auf eine vollkommen andere Art und Weise. Mir würde da schon was einfallen!

»Tommy … Tommy … hey Alter, wie lange trainierst du denn noch?«

»Ich … äh … ich bin jetzt fertig.«

»Gut, dann lass uns etwas trinken gehen!«

Mit lustvollem Blick schaue ich Sabine von der Bar aus hinterher, bis sie schließlich in der Damenumkleidekabine verschwindet. Mann, was für ein Weib!

»Warum legst du dir nicht endlich ein Handy zu?«

»Ich, warum?«

»Weil ich dich gestern Morgen mal wieder vergeblich versucht habe zu erreichen.«

»Ich hatte einen Termin in Stuttgart und musste deshalb schon früh los. Was wolltest du denn?«

»Ach, nichts Besonderes. Nur ein bisschen quatschen.«

»Hast du morgens nichts Besseres zu tun, als Leute zu belästigen?«

Mann, bin ich froh, dass ich da schon unterwegs gewesen bin!

»Hättest du ein Handy, wir hätten während deiner Fahrt sprechen können.«

»Siehst du, genau aus diesem Grund besitze ich so ein Ding nicht. Ich möchte nämlich meine Ruhe haben und nicht zu jeder Zeit für jeden erreichbar sein. So bewahre ich mir ein kleines Stückchen persönliche Freiheit. Ich will mich doch nicht zum Sklaven eines blöden Handys machen. Und außerdem ist man früher auch ohne so ein Dingsbums ausgekommen.«

»Ja, und als die Straßenbeleuchtung anging, mussten wir reinkommen. Es gab noch keinen iPod oder MP3-Player. Wir haben unsere Musik noch auf Kassetten aufgenommen. Man hat nur drei bis vier verschiedene Fernsehsender empfangen, die erst gegen sechzehn Uhr auf Sendung gingen, und bereits vor Mitternacht war Sendeschluss. Und unsere Freizeit haben wir nicht vorm Computer oder vor einer Spielkonsole verbracht, sondern auf dem Bolzplatz. Es gab noch keine CDs, sondern noch die guten alten schwarzen Vinyl-Schallplatten, und

*Twix* hieß noch *Raider*! Mensch, Tommy, wach endlich auf. Die Zeit ist nicht stehen geblieben!«

»Ich sitze im Büro ständig am Computer oder am Telefon, da will ich den ganzen Elektronikscheiß nicht auch noch in meiner Freizeit haben.«

Irgendwann gibt Stefan es schließlich auf, mich zu einem Kauf eines Handys überreden zu wollen, und wechselt das Thema.

»Hast du schon gehört? Am Freitag findet im *Drecksack* ein Karaoke-Wettbewerb statt.«

»Na und!«

»Komm, lass uns hingehen! Das wird bestimmt lustig.«

»Mal sehen.«

»Heißt das jetzt ja?«

»Mal sehen!«

»Ja oder nein?«

»Mal sehen heißt mal sehen!«

»Oder hast du schon was Besseres vor?«

»Kannst du nicht mal für ein paar Sekunden deine blöde Fresse halten? Du bist ja schlimmer als jedes Waschweib!«

Plötzlich verzog Stefan seine Miene.

»Gut, dann sag ich eben gar nichts mehr.«

»Ooch, ist Monsieur jetzt etwa eingeschnappt? Das tut mir aber leid.«

Niemals zuvor in meinem Leben habe ich einen Kerl getroffen, der so schnell eingeschnappt ist. Im Austeilen war Stefan noch nie zimperlich, aber einstecken kann er rein gar nichts. Wenigstens ist er jetzt endlich einmal still. Dieses Geschwätz kann einem aber auch wirklich auf die Nerven gehen.

So sitzen wir da und schweigen, ohne dass mich Stefan auch nur eines Blickes würdigt.

Er kommt mir vor wie eine Frau, der man ansieht, dass etwas nicht in Ordnung ist – die aber auf die Frage, was denn los sei, stets mit einem mit komischem Unterton versehenen »Nichts!« antwortet. Meiner Meinung nach handelt es sich hierbei um ein typisch weibliches Verhaltensmuster.

Als sich die Türe der Damenumkleidekabine öffnet und Sabine erscheint, stockt mir fast der Atem. In ihren engen Jeans und mit ihren noch feuchten Haaren, die sie jetzt offen trägt, sieht sie ja noch hammermäßiger aus.

»Habt ihr was dagegen, wenn ich mich kurz zu euch setze?«, fragt sie uns höflich und lächelt dabei zum Dahinschmelzen. »Ich muss noch ein wenig nachschwitzen, und außerdem hab ich Durst.«

»Aber natürlich, nimm Platz!«, erwidert Stefan mit übertriebener Freundlichkeit. Hat sich der Arsch also wieder beruhigt. Das ging aber schnell. Diese spontanen Stimmungswechsel sind ebenfalls typisch weiblich.

»Hat dir der Boxkurs denn Spaß gemacht?«, fragt Sabine.

»Klar, war ziemlich anstrengend, aber ohne Fleiß keinen Preis!«

Schwätzer!

»Ja, aber je öfter du mitmachst, desto leichter fällt es dir. Das ist einfach Gewohnheitssache. Und man verbrennt dabei ungeheuer viel Kalorien.«

»Das Letzte solltest du lieber mal dem da sagen.«

Dabei zeigt Stefan blöd grinsend mit seinem Zeigefinger auf meinen kleinen Bauchansatz.

Blöder Wichser! Am liebsten würde ich ihm mit der Faust die Zähne einschlagen.

»Ja, genau! Warum hast du denn nicht mitgemacht?«

»Das hatte ich eigentlich vor, aber ich musste etwas länger arbeiten.«

»Wieso, was arbeitest du denn?«

»Ich vermittle Mitarbeiter an Großfirmen, die dort dann für einen gewissen Zeitraum arbeiten.«

»Klingt spannend.«

»Ist es aber nicht. Die meiste Zeit verbringe ich mit Telefonieren oder vorm Computer. Nur selten habe ich Termine außer Haus.«

»Da ist das Training im Studio doch sicher eine willkommene Abwechslung, oder?«

»Richtig. Das tut nach so einem langen Arbeitstag richtig gut. Ist ein prima Ausgleich.«

»Jetzt tu doch nicht so! Ich habe dich doch erst dazu überreden müssen, den Fuß in ein Fitnessstudio zu setzen«, funkt mir Stefan dazwischen.

Halt bloß deinen blöden Mund! Am Ende versaust du mir noch Sabines hoffentlich guten Eindruck von mir.

Als könnte er Gedanken lesen, sagt Stefan: »Seid mir nicht böse, aber ich muss mich langsam mal duschen gehen.«

Endlich hat er es kapiert und lässt uns beide alleine.

»Und was machst du eigentlich beruflich? Die Kurse sind ja wahrscheinlich nur ein Nebenjob?«, frage ich Sabine neugierig.

»Nein, nein, ich habe mich vor ungefähr zwei Jahren als Fitnesstrainerin selbstständig gemacht. Ich gebe in verschiedenen Studios Kurse und schreibe am Ende des Monats meine Rechnungen.«

»Interessant! Aber kann man denn davon leben?«

»Na ja, große Sprünge kann man damit nicht machen, aber ich komme so über die Runden.«

»Dafür bist du dein eigener Chef und musst keinem Rechenschaft ablegen.«

»Genau. Und da ich schon immer ein Bewegungsfanatiker gewesen bin, habe ich das Angenehme mit dem Nützlichen verbunden und somit mein Hobby zum Beruf gemacht.«

»Toll! Dafür benötigt man doch sicherlich eine Ausbildung?!«

»Nein, das ist ja das Komische. Jeder darf ohne spezielle Ausbildung in einem Fitnesscenter arbeiten; sei es als Fitnesstrainer auf der Trainingsfläche oder als Kursleiter.«

»Das versteh ich aber nicht. In jedem Beruf muss man doch eine Ausbildung machen, bevor man ihn ausüben darf. Und hier geht es doch schließlich um die Gesundheit der Menschen.«

»Richtig. Du findest ja heute auch kein professionell geführtes Studio mehr, in dem Trainer ohne fundierte Ausbildung arbeiten.«

»Da bin ich aber beruhigt. Und was für eine hast du denn konkret gemacht?«

»Oh, ich habe verschiedene Prüfungen abgelegt. Ich bin *Instructor* für *Indoor-Cycling*, Trainerin für präventiven Fitnesssport, für Fitnessboxen und für Stepaerobic. Und demnächst besuche ich eine Fortbildung für Wirbelsäulengymnastik.«

»Alle Achtung! Da lernt man doch bestimmt viel über die menschliche Anatomie, nicht wahr?«

»Ja, da hast du recht. Das ist auch jede Menge zu lernen. Da muss man sich dann halt einfach durchkämpfen. Es lohnt sich aber. Ich könnte mir keinen schöneren Beruf vorstellen.«

Und so plaudern wir noch eine Weile über unsere Berufe und Gott und die Welt.

Erst als Stefan plötzlich frisch geduscht neben uns steht, wird mir bewusst, dass wir uns wohl recht lange angeregt unterhalten haben mussten.

»Das mit Freitag geht doch klar, oder?«, sagt er. »Wir treffen uns am besten dort. Und vergiss nicht, vorher deine Stimme zu ölen! Tschüss und macht's gut!«

Ohne meine Antwort abzuwarten, verschwindet er durch den Ausgang ins Freie.

»Stimme ölen? Was habt ihr denn vor?«, will Sabine wissen.

»Auf dem *Waldhof* gibt es eine Kneipe, in der am Freitag ein Karaoke-Wettbewerb stattfindet, und Stefan hat mich überredet mitzukommen.«

»Karaoke finde ich geil! Wie heißt denn die Kneipe?«

»*Drecksack*, in der Hubenstraße.«

»Davon habe ich schon gehört. Ein sehr ungewöhnlicher Name für eine Kneipe, findest du nicht?«

»Da muss ich dir recht geben.«

»Wann soll's denn losgehen?«

»Keine Ahnung, ich tippe aber so zwischen acht und neun.«

Das ist meine Chance! Ich muss sie dazu bringen, auch ins *Drecksack* zu kommen.

»Komm doch einfach mit, wenn du Lust hast.«

»Gerne, das Singen ist neben dem Sport nämlich meine zweite große Leidenschaft.«

»Prima, dann treffen wir uns. Ich kann zwar nie genau sagen, wann ich aus dem Geschäft komme, aber bis neun Uhr müsste ich eigentlich da sein.«

»O. k.! Ich habe zwar freitags auch Kurse, aber das müsste mir reichen. Weißt du was, gib mir doch einfach deine Handynummer, damit ich dir Bescheid geben kann, ob es klappt.«

Scheiße! Ich brauche ein Handy, und zwar schnell! Was soll ich denn jetzt antworten? Weißt du, ich bin altmodisch und lebe hinterm Mond. Ich besitze überhaupt kein Handy. Was soll sie denn von mir denken? Stefan hat recht! Jeder hat heutzutage so ein Ding. Warum habe ich mir nicht schon längst eines zugelegt, ohne Vertrag, bei dem man einfach ein Guthaben abtelefoniert? Jetzt muss mir schnell irgendeine Ausrede einfallen.

»Oh, tut mir leid! Ich habe gerade erst ein neues bekommen und es in der Hektik zu Hause vergessen. Die Nummer weiß ich noch nicht auswendig.«

»Na ja, kein Problem. Es wird schon nichts dazwischenkommen. So, jetzt wird es aber Zeit! Ich muss noch meine Kurse für morgen vorbereiten. Wir sehen uns also spätestens am Freitag.«

»O. k., also dann bis übermorgen.«

Ich habe ein Date! Ich kann es noch gar nicht glauben. Ich habe eine Verabredung mit meiner Traumfrau. Ich bin so glücklich, ich könnte die ganze Welt umarmen.

Am Donnerstag, während meiner Mittagspause, will ich mir, um mich vor Sabine nicht zu blamieren, ein Handy zulegen. Ich entschließe mich, den *Telekom*-Shop gleich um die Ecke aufzusuchen.

»Guten Tag, wie kann ich Ihnen helfen?«, fragt mich ein junger Verkäufer mit dicker Hornbrille.

»Guten Tag, ich benötige dringend ein Handy.«

»Und an was für eines haben Sie da so gedacht?«

Woher soll ich denn das wissen? Ich will einfach ein Handy zum Telefonieren. Offensichtlich bemerkt er meine Ratlosigkeit und fragt, wie es sich für einen guten Verkäufer gehört, nochmals genauer nach.

»Was für ein Handy haben Sie denn bisher gehabt?«

»Gar keines.«

»Sie scherzen?! Auf welche Funktionen legen Sie denn besonderen Wert?«

»Auf die Funktion, dass man damit telefonieren kann.«

»Jetzt aber mal im Ernst! Was haben Sie sich so vorgestellt?«

Was? Ich meine es ernst. Will dieser Typ mich denn verarschen? Glaubt der wirklich, ich habe nichts Besseres zu tun, als in meiner wohlverdienten Mittagspause Angestellte der *Deutschen Telekom* zu veräppeln?!

»Hören Sie, ich möchte einfach nur ein Telefon, mit dem man von unterwegs schnurlos telefonieren kann.«

»Am besten zeige ich Ihnen einmal ein paar unserer Exemplare, dann wird Ihnen die Entscheidung sicherlich leichter fallen.«

Das ist ja eine tolle Idee!

»Dieses hier kann ich Ihnen empfehlen.«

Dabei zeigt er auf ein silberfarbenes mit blauem Display und grinst mich dabei blöde an.

»Es wiegt nur fünfundachtzig Gramm, ist UMTS-fähig, besitzt eine eingebaute Kamera mit über fünf Millionen Pixeln und zwanzigfach digitalem Zoom …«

Ich will doch einfach nur telefonieren! Ist das denn so schwer zu verstehen? Ich glaube, dieser *Telekom*-Fachverkäufer ist nicht nur nahezu blind, sondern auch noch taub.

»Oder dieses hier mit eingebautem Media-Player, Internet-Zugang, *Bluetooth* zur Datenübertragung und …«

Ja, und Kaffee kochen kann es bestimmt auch noch!

»Jetzt hören Sie mir mal zu, oder lesen Sie es meinetwegen von meinen Lippen ab! Ich will ein Handy, mit dem man nur telefonieren kann. Ich möchte damit einfach nur telefonieren, sonst nichts. Ich brauche weder eine integrierte Kamera noch dieses ganze andere Zeug da. Ist das denn so schwer zu verstehen?«

»Da muss ich Sie aber leider enttäuschen. Diese technischen Fähigkeiten gehören heutzutage zum Standard. Sie werden kein Handy mehr finden, das nur fürs Telefonieren vorgesehen ist«, entgegnet mir der inzwischen irritiert dreinblickende Angestellte.

Gut, mag sein, dass es sich bei diesen Handys um Meisterwerke ihrer Hersteller handelt, ich frage mich jedoch, wozu irgendjemand auf dieser Erde ein derart hochwertiges Gerät mit all diesen vielen technischen Raffinessen benötigt. Je mehr Funktionen in solch einem Hightechwunder eingebaut sind, desto anfälliger für Störungen scheint es mir nämlich zu sein. Zumindest ist dies in den letzten Jahren die vorherrschende Meinung gewesen.

Vielleicht hat Stefan ja recht, und ich bin altmodisch. Aber warum soll ich für Dinge bezahlen, die ich überhaupt nicht brauche und vor allen Dingen gar nicht will? Befände ich mich im Hinblick auf morgen Abend nicht in einer schier aussichtslosen Lage, ich könnte locker noch weitere zweiunddreißig Jahre ohne Handy auskommen. So aber habe ich leider keine andere Wahl und kaufe mir das billigste, das im Laden zu haben ist. Nach einer kurzen Bedienungseinweisung, bei der ich mir allerdings nur das Ein- und Ausschalten, das Aufladen sowie das Annehmen und Beenden eines Gespräches erklären lasse, mache ich mich direkt wieder auf den Weg ins Büro.

»Sie werden sehen, schon nach kurzer Zeit werden Sie sich ein Leben ohne Mobiltelefon nicht mehr vorstellen können«, gibt mir der Hornbrillenträger, der erleichtert scheint, mir etwas verkauft zu haben, mit auf den Weg.

Nach zwei kurzen Telefonaten und dem Durchforsten meiner neu eingegangenen E-Mails stellt sich bei mir so allmählich ein leichtes Hungergefühl ein. Stimmt! Ich habe ja noch keine Zeit gehabt, etwas zu essen. Würde sich mein Magen jetzt nicht mit komischen Geräuschen melden, hätte ich das glatt vergessen. Ich versuche zunächst, mich auf meine Arbeit zu konzentrieren und nicht ans Essen zu denken. Nachdem mein Magen jedoch erneut anfängt zu knurren, beschließe ich, mir am Kiosk nebenan etwas zu besorgen.

Mit zwei Mettbrötchen, die reichlich mit Zwiebeln belegt sind, und einer Flasche Mineralwasser nehme ich wieder am Schreibtisch Platz.

»Paah, was isst du denn da? Das stinkt ja fürchterlich! Kannst du das denn nicht woanders essen? Bei dem Gestank kann sich ja kein Mensch konzentrieren.«

Dabei macht Ludgolf einen angewiderten Gesichtsausdruck, der ihn noch hässlicher aussehen lässt, als er ohnehin ist.

»Jetzt sei doch nicht so empfindlich! Ich bin ja gleich fertig. Ich muss eben auch mal was essen.«

»Ja, aber muss es ausgerechnet so ein stinkendes Teil sein?«

»Dieses stinkende Teil schmeckt mir aber gut.«

»Dann tu mir bitte einen Gefallen und beeil dich ein bisschen. Das ist ja fast nicht zum Aushalten!«

Ist der aber empfindlich! Dabei handelt es sich doch nur um den Geruch eines leckeren Mettbrötchens mit Zwiebeln.

Genau in dem Moment, als ich Ludgolf einen gemeinen Spruch drücken will, klingelt sein Telefon. Wenn ich ihn jetzt schon nicht beschimpfen kann, muss ich ihn eben auf eine andere Art und Weise ärgern. Also nehme ich einen großen Schluck aus meiner Flasche und rülpse anschließend dezent und fast lautlos in Richtung meines Gegenübers. Es dauert schätzungsweise zwei bis drei Sekunden, ehe der nach Mettbrötchen riechende Windhauch Ludgolfs Nase erreicht. Deutlich ist ihm sein Ärger darüber anzusehen. Professionell führt er jedoch sein Telefonat fort.

Nach dem zweiten Mal zeigt er mir den Mittelfinger, und beim dritten Luftstoß hat er sogar Mühe, den Würgereiz zu unterdrücken. Geil, noch einmal, und er kotzt ins Telefon. Ich liebe es, Ludgolf zu ärgern. Das liegt nicht etwa daran, dass ich ein gehässiger Mensch bin, sondern einfach daran, dass Ludgolf sich so toll ärgern lässt.

Und soeben habe ich ein neues Spiel erfunden! Wie bringe ich Ludgolf am schnellsten zum Kotzen? Das ist ein Gesellschaftsspiel für die ganze Familie. Dabei hat jeder nur fünf Versuche. Ich verzichte hier sogar groß-zügigerweise auf das Urheberrecht. Würde mich schon sehr wundern, wenn sich dieses Spiel nicht in kürzester Zeit größter Beliebtheit erfreuen würde. Zu meinem Bedauern beendet er jetzt aber das Gespräch. Schade, mir stünden nämlich noch zwei Versuche zu.

»Hey, du Trottel, bist du von allen guten Geistern verlassen, oder was? Da war gerade ein ziemlich hohes Tier von *Posium* am Apparat. Hier geht es möglicherweise um einen großen Auftrag, und du hast nichts Besseres zu tun als solch eine infantile Kacke!?«

Mann, ist der aber wütend! Cool, das Spiel muss ich mir unbedingt merken.

»Jetzt reg dich mal wieder ab! War doch nur Spaß.«

»Nur Spaß?! Du wirst wohl nie erwachsen, wie? So eine Scheiße haben wir früher im Kindergarten gemacht. Mittlerweile sind wir aber aus dem Alter raus. Ich habe nichts gegen ein wenig Spaß, aber alles zu seiner Zeit, und am Arbeitsplatz sind deine sogenannten Späße vollkommen fehl am Platz. Nimm unsere Arbeit hier ein bisschen ernst!«

Ernst? Das ist doch auch ein schöner Name für diesen humorlosen Volltrottel. Ernst Ludgolf – das hört sich doch gut an. Seine Backen färben sich mal wieder, wie sie es eigentlich immer tun, wenn er sich echauffiert, knallrot. Er sieht jetzt aus, als habe er gerade einen Marathonlauf hinter sich. Die Figur dazu hat er ja bereits. Der stirbt bestimmt irgendwann einmal vor lauter Aufregung an einem Herzinfarkt. Um nicht schuld am plötzlichen Ableben von der Giraffe Ernst Ludgolf zu sein, lasse ich diese erst einmal in Ruhe.

Stattdessen widme ich mich meinen inzwischen neu angekommenen Mails. Mit Erstaunen stelle ich fest, dass eine davon von Markus stammt.

*Hallo, Tommy!*

*Hast du Lust, am Freitagabend ins Drecksack zu kommen? Dort findet ein Karaoke-Wettbewerb statt. Wird bestimmt witzig! Wäre schön, dich dort zu treffen.*

*Viele Grüße, Markus.*

Scheiße, jetzt kommt der auch noch dorthin. Ich möchte mich doch mit Sabine amüsieren. Als reiche es nicht aus, dass Stefan da sein wird. Hoffentlich erzählen die beiden Sabine nicht irgendwelchen Stuss über mich. Würde mich nicht wundern!

*PS: Schau dir doch mal den Anhang an! Wird dir bestimmt gefallen!*

Neugierig, wie ich nun einmal bin, öffne ich sogleich besagten Anhang und staune nicht schlecht, als auf dem Bildschirm ein Kalender mit jeder Menge nackter Models, in gewagten Positionen, erscheint. Nicht schlecht, denke ich und klicke jeden Monat einzeln an, um mich von den künstlerischen Fähigkeiten des Fotografen zu überzeugen.

Miss September hat es mir dabei besonders angetan. Wie die sich da auf einem Sofa rekelt, einfach toll! In Gedanken stelle ich mir vor, sie würde sich bei mir, auf meinem alten Dreisitzer, so verführerisch präsentieren. Wow, was für eine Vorstellung!

»Mist!«, höre ich Ludgolf rufen und werde dadurch in die Realität zurückgeholt. »So ein Mist aber auch!«

»Was ist denn jetzt schon wieder?«

»Ach, ich muss morgen Nachmittag einen Termin vom Chef übernehmen. Hat angeblich einen Zahnarzttermin. Ausgerechnet an einem Freitag! Das wird bestimmt wieder spät.«

»Tja, *shit happens*!«

Der Arbeitstag verläuft an diesem Donnerstag ruhig und abgesehen von dem etwas gereizten Kollegen auch ziemlich stressfrei. So komme ich auch ziemlich früh nach Hause und begebe mich direkt nach dem Abendessen ins Bett. Morgen ist schließlich mein großer Tag, und da muss ich fit sein!

In der Nacht schlafe ich allerdings ziemlich unruhig. Zu aufregend ist die Vorstellung, mit der Mutter meiner zukünftigen Kinder auszugehen. Dementsprechend müde und gerädert sitze ich am nächsten Tag am PC.

Da ich mich heute ohnehin nicht richtig konzentrieren kann, verschicke ich Markus' Mail vom Vortag an verschiedene Kumpels aus meinem Verteiler weiter. Sollen die ruhig auch einmal die künstlerisch wertvollen Bilder genießen!

Ich erledige an diesem Tag nur die notwendigsten Dinge, und da am Nachmittag der Chef nicht anwesend ist, verlasse ich meinen Arbeitsplatz bereits gegen halb fünf.

In meiner Wohnung angekommen, genehmige ich mir zuerst einmal ein Entspannungsbad. Das tut zwar gut, aber entspannen kann ich mich leider überhaupt nicht. Zu stark ist meine innere Unruhe ob der Dinge, die mich heute noch erwarten werden. Um bei Sabine einen bleibenden Eindruck zu hinterlassen, rasiere ich mich nochmals und benutze zum ersten Mal seit Wochen wieder ein Aftershave. Frisch rasiert und gut riechend stehe ich nun vor meinem Kleiderschrank. Was um Himmels willen soll ich denn für diesen Anlass anziehen? Soll ich mich schick oder doch eher leger kleiden? Ich entscheide mich schließlich für ein Paar schwarze Hosen, ein weißes Hemd und dazu meine neuen dunklen Lackschuhe. Stolz und voller Vorfreude betrachte ich mich im Spiegel.

»Siehst toll aus«, bestätige ich meinem Spiegelbild, das mich begeistert anlächelt. Aber ist das nicht doch zu elegant für einen Karaoke-Abend in einer Kneipe? Zweifelnd begutachte ich mich erneut im Spiegel und komme zum Entschluss, doch etwas anderes anzuziehen.

Also wieder raus aus den Klamotten! Nach dem vierten Umziehen habe ich meiner Meinung nach das Passende gefunden, nämlich eine blaue Jeans, ein T-Shirt und ein Paar weiße Sportschuhe. Dieses sportliche Outfit wird einer Fitnessmaus wie Sabine sicher gefallen.

Das *Drecksack* ist erst spärlich besucht, als ich eintreffe. Im hinteren Teil, in dem sich normalerweise der Billardtisch befindet, baut der DJ des heutigen Abends gerade seine Karaoke-Anlage auf. Diese sieht beeindruckend und ziemlich professionell aus. Auf dem Tisch vor ihm hat er ein riesiges Mischpult, und rechts und links im Raum stehen vier große PA-Boxen.

Ich nehme an der Bar Platz und bestelle mir ein Bier. Von hier aus hat man einen guten Blick auf den Eingangsbereich. Ich darf es schließlich nicht verpassen, wenn Sabine kommt. Die Uhr verrät mir, dass es jetzt erst kurz vor halb acht ist und Sabine ja bis acht Uhr ihre Trainingsstunde geben muss. Aber vielleicht fällt der Kurs aus irgendwelchen Gründen aus, und sie kommt doch früher? Man kann nie wissen. Sicher ist sicher!

Langsam beginnt sich das *Drecksack* zu füllen. Auch der DJ hat seine Aufbauarbeiten beendet und macht noch schnell einen kurzen Soundcheck. Danach begrüßt er die Gäste und eröffnet offiziell den Karaoke-Abend.

Einige können es offensichtlich nicht abwarten und stürmen gleich auf Robert – so der Name des DJs – zu, um sich jeweils einen Song aus seinem schier unerschöpflichen Repertoire auszusuchen.

Die ersten beiden Sänger sind zwar gnadenlos schlecht, ernten jedoch für ihren Mut, ihre Fähigkeiten dem Publikum zu präsentieren, heftigen Beifall.

Inzwischen ist es richtig voll geworden. Wie immer bei solchen Veranstaltungen platzt die Kneipe nun fast aus allen Nähten. Ich kann vor lauter Menschen den mir so wichtigen Eingangsbereich kaum noch sehen. Als ich mich umschaue, entdecke ich Stefan. Es scheint mir aufgrund des außerordentlichen Geräuschpegels sinnlos zu sein, ihn zu rufen. Stattdessen versuche ich ihn durch heftiges Winken auf mich aufmerksam zu machen. Kurz bevor mir der Arm abfällt, bemerkt er mich und kommt zu mir herüber.

»Mensch, Tommy, so früh habe ich dich gar nicht hier erwartet. Ich war mir nicht mal sicher, ob du überhaupt kommen würdest.«

»Pass auf, ich habe gleich ein Date mit Sabine, der Trainerin aus dem Studio …«

»Was, hier? In dieser romantischen Atmosphäre? Da seid ihr ja beinahe ungestört.«

»Erzähl keinen Mist! Ich wäre dir übrigens sehr verbunden, wenn du dich mit deinem Gelaber in ihrer Gegenwart etwas zurückhalten könntest.«

»Klar doch! Du kennst mich doch.«

»Eben drum.«

»Wie hast du denn das geschafft?«

»Was meinst du?«

»Na, dass sie sich mit dir treffen will.«

»Ich habe einfach ein wenig meinen unwiderstehlichen Charme spielen lassen.«

»Was denn für einen Charme? Jeder Pottwal hat mehr Charme als du.«

»Arschloch!«

»Hallo, ihr zwei Schnarchnasen!«

Christian! Der hat mir gerade noch gefehlt! Wenn jetzt Markus noch auftaucht, wäre das Chaos perfekt. Die blamieren mich bis auf die Knochen. Jeder von denen beginnt nämlich unaufhörlich Müll zu erzählen, wenn er etwas getrunken hat. Ich sehe meine Chancen, bei Sabine zu landen, allmählich schwinden. Was muss das für ein Idiot sein, der solche Freunde hat?, wird sie denken. Und tatsächlich! Kaum habe ich diesen Gedanken beendet, schon gesellt sich Markus zu uns. Na toll!

»Hey, Tommy, hast du meine Mail bekommen? Scharf, was?«

»Ja, nicht schlecht.«

»Nicht schlecht? Die Weiber sind rattenscharf!«

»Geht so.«

»Geht so? Was ist denn mit dir los?«

»Der ist nur ein wenig nervös«, fällt uns Stefan ins Wort. »Der hat heute ein Date.«

»Du hast ein Date?! Hier?« Ungläubig blickt er sich um. »Du hast ein Date in einer überfüllten Kneipe, in der man sein eigenes Wort kaum versteht?«

»Ja, stell dir vor, Markus! Im Gegensatz zu dir habe ich wenigstens ein Date.«

»Da bin ich aber mal gespannt, wer so blöd ist, sich mit dir einzulassen.«

»Halt bloß deinen blöden Mund, du Pimmelgesicht! Bist ja bloß neidisch.«

»Also mir hat die Mail mit den heißen Bräuten gefallen. Tommy hat sie mir weitergeleitet!«, ruft Christian dazwischen, um die Situation nicht weiter eskalieren zu lassen.

»Aha, der Herr hat die Mail weitergeleitet. Dann hat sie dir ja doch gefallen, du Blödmann!«

»Könnt ihr mich nicht endlich mit dem dummen Geschwätz in Ruhe lassen!?«

»Wisst ihr was? Wir gehen jetzt alle zu Robert, und jeder sucht sich einen Titel zum Singen aus«, schlägt Markus plötzlich vor.

»Geht ruhig, ich bleibe hier und behalte den Eingang im Auge.«

Sabine kann nun jeden Augenblick hier auftauchen.

Bin ich froh, als die drei abhauen und mich endlich alleine lassen.

Mittlerweile grölt jetzt schon der dritte Antisänger den Song *My Way* ins Mikrofon, und zwar dermaßen grottenschlecht, dass man Angst haben muss, an Ohrenkrebs zu erkranken. Ich bin weder sehr empfindlich noch musikalisch, aber bei dieser Darbietung würde sich Frank Sinatra im Grabe umdrehen und sich die Ohren zuhalten. Gespannt bin ich, welche Songs meine Kumpels vergewaltigen werden.

Es ist immer wieder erstaunlich, bei Karaoke-Teilnehmern die Diskrepanz zwischen der Eigenwahrnehmung und der Realität zu erleben.

Ich bestelle mir gerade mein zweites Bier, als ich Christian mit dem Mikrofon in der Hand sehe. Er versucht sich an dem Bryan-Adams-Klassiker *Summer of '69*, was er meiner Meinung nach gar nicht so schlecht macht.

Als Stefan an die Reihe kommt, spüre ich, wie mir jemand von hinten auf meine rechte Schulter tippt. Es ist … Sabine. Endlich!

»Hi, bist du schon lange hier?«

»Ja, ich habe etwas früher Feierabend gemacht.«

»Das hier ist meine Freundin Martina.«

Aha, sie hat sich also Verstärkung mitgebracht! Martina soll mich wohl begutachten und Sabine anschließend sagen, ob wir beide zusammenpassen oder nicht. Tja, so sind die Frauen eben. Nichts tun können, ohne den Rat ihrer besten Freundin einzuholen.

Während sich die zwei je eine Apfelschorle bestellen, bemerke ich, wie nervös ich in Sabines Gegenwart bin.

Mir ist ganz schön heiß, und ich verspüre dieses berühmte Kribbeln im Bauch. Ich glaube, mich hat es ganz schön erwischt.

Sicher habe ich in den letzten Jahren die eine oder andere Beziehung gehabt, aber so verliebt bin ich zuletzt als Teenager gewesen. Ich habe zwar bis jetzt nicht an die Liebe auf den ersten Blick geglaubt, doch seit unserer ersten Begegnung im Fitnesscenter fühle ich mich zu dieser Frau einfach magisch hingezogen.

»Ist das nicht Stefan, der da gerade singt?«

»Ja, das ist mein Trainingspartner, wie er leibt und lebt.«

Stefan singt das Stück *Aber bitte mit Sahne* von Udo Jürgens, oder besser, er versucht es zu singen und bekommt von dem inzwischen leicht angetrunkenen Publikum stürmischen Applaus. Das Klatschen ist jedoch eher als Dankeschön zu verstehen, dass er aufhört, die Ohren seiner Mitmenschen zu quälen. Während Markus anschließend die akustische Folter fortsetzt, schlägt Sabine vor, dass wir drei doch auch etwas zum Besten geben sollten. Dankend lehne ich ab. Ich gebe mich doch vor den Augen von Sabine nicht der Lächerlichkeit preis! Martina hingegen findet die Idee gar nicht so übel, und so begeben sich die beiden zu DJ Robert.

Nachdem die drei Nervensägen ihren großen Auftritt beendet haben, kommen sie mit Breitmaulfroschgrinsen zurück an die Bar.

»Na, wie waren wir?«, will Markus wissen.

»Grausam! Ihr habt schlimmere Töne von euch gegeben als ein Hund, den man gerade in die Eier tritt. Bei Christian war der Gesang ja noch halbwegs erträglich, aber bei dir und Stefan – einfach nur haarsträubend!«

»Dann mach's doch besser«, fühlt sich Markus auf den Schlips getreten.

»Will ich gar nicht. Ihr seid ja freiwillig vorgegangen und habt euch zum Affen gemacht. Ich habe mich inzwischen mit Sabine unterhalten.«

»Ah, Sabine heißt sie also. Und wo ist deine Sabine jetzt?«

»Dort vorne bei Robert, die mit den langen blonden Haaren.«

»Nicht schlecht! Und wer ist die geile Sau neben ihr?«

»Das ist ihre Freundin Martina.«

»Also ich finde die Freundin attraktiver als deine Aerobictussi«, labert mir Stefan ungebetenerweise ins Ohr.

»Könnt ihr nicht endlich abhauen? Mit euch kann man sich nur blamieren. Ihr versaut mir noch die Chance meines Lebens.«

Als Sabine anfängt zu singen, bekomme ich am ganzen Körper Gänsehaut. Sie intoniert *Amazing Grace*, einen Titel, der brutal schwer zu singen ist, derart professionell, dass sie als Einzige an diesem Abend eine Zugabe geben muss.

Mann, was für eine Frau! Sie hat sichtlich Spaß bei ihrem Auftritt, und die Körpersprache lässt vermuten, dass sie sich heute nicht zum ersten Mal einem Publikum präsentiert.

Selbst die drei Idioten stehen jetzt mit offenen Mündern da und bestaunen das Gesangstalent dieser schönen Frau.

»Na, da seid ihr von den Socken, was? Und die gehört mir!«

»Ich kann mir nicht vorstellen, dass solch eine Frau sich

mit einem Trottel wie dir einlässt«, meint Markus, der mir mein Glück offenbar nicht gönnen will.

Im Laufe des Abends geben sich Markus und Stefan die größte Mühe, die »geile Sau« anzubaggern. Sollen die sich doch um Martina streiten! Hauptsache, ich komme mit Sabine zusammen. Christian steht inzwischen etwas abseits und schüttet sich ein Bier nach dem anderen in seinen fetten Bauch.

Irgendwann gibt es einen riesigen Knall, und er ist geplatzt. Dann steht er auf der Titelseite sämtlicher Gazetten. Ich sehe schon die Überschrift: *Erster Pottwal nach Alkoholkonsum geplatzt!*

Unterdessen erfahre ich, dass das Singen Sabines Hobby ist und sie hin und wieder Gesangsunterricht nimmt. Schon früh sei sie von ihrem damaligen Musiklehrer auf ihr Talent aufmerksam gemacht worden und wurde so mit vierzehn Jahren Sängerin in einer Schülerband. Mit neunzehn, als Frontfrau einer Band namens *ULTRA*, habe sie sogar einige Gigs in diversen Kneipen und bei kleineren Veranstaltungen gehabt.

Da es unzählige gute Sängerinnen und Sänger gibt, ist es sehr schwer, damit seinen Lebensunterhalt zu bestreiten, und so habe sie ihr zweites Hobby, den Fitnesssport, zu ihrem Beruf gemacht.

Leider verabschieden sich Sabine und Martina recht schnell wieder.

»Seid mir nicht böse, aber ich muss jetzt gehen.«

»Was? Jetzt schon?! Der Abend fängt doch gerade erst an.«

»Ja, ich weiß. Aber ich muss morgen früh zu einem Trainerlehrgang nach Köln fahren.«

»Schade! Dann sehen wir uns aber am Sonntag im Training?«

»Nein, der Workshop geht nämlich bis Dienstag.«

Mist! Dann kann ich Sabine ja ein paar Tage nicht sehen. Ob ich ihr meine Handynummer geben soll? Nein, das scheint mir dann doch ein wenig zu aufdringlich. Ich muss den richtigen Zeitpunkt abwarten.

Nachdem sich auch Martina verabschiedet hat, verlassen die beiden das *Drecksack*.

Hier sitzen wir nun. Drei Kumpels, alle Anfang dreißig, solo und leicht angetrunken. Ich bin bis über beide Ohren verliebt, und Christian ist wie vom Erdboden verschluckt. Vielleicht ist er ja schon geplatzt. Nein, das kann nicht sein: Den Knall hätte man im Umkreis von mindestens fünfzig Kilometern gehört. Markus und Stefan versuchen mich zwar zum Bleiben zu überreden, aber ohne Sabine macht es mir keinen Spaß mehr. Außerdem bin ich müde geworden. Jetzt rächt es sich doch, dass ich vergangene Nacht kaum habe schlafen können. Ich verabrede mich mit meinem Trainingspartner noch zum Training am Sonntag und gehe nach Hause. Todmüde falle ich ins Bett und schlafe sofort ein.

Bereits gegen acht Uhr in der Frühe werde ich sehr unsanft aus dem Schlaf gerissen, als ein Auto vor meinem Schlafzimmerfenster parkt, dessen Fahrer taub zu sein scheint. Immer und immer wieder dröhnt mir ein Drum-Computer in einer Endlosschleife einen monotonen Rhythmus ins Hirn, und irgendein Rapper, sicherlich mit Goldkettchen und Baseballmütze bewaffnet, spricht, da er offensichtlich nicht singen kann, einen unverständlichen Text ins Mikro. Ich kann mir wunderbar vorstellen, wie er dabei unkontrolliert mit seinen Händen, ähnlich wie bei einem epileptischen Anfall, herumfuchtelt. Warum in Gottes Namen dürfen immer mehr Menschen, die nichts von Musik verstehen, ein Album aufnehmen und ihre CD ungestraft auf den Markt werfen?

Ich komme ja auch nicht auf die Idee, in einem Kinofilm mitzuspielen, nur weil ich nicht schauspielern kann. Wie dem auch sei, ich bin jetzt wach!

Nach dem Frühstück, bestehend aus zwei in der Mikrowelle aufgetauten Brötchen, gehe ich einkaufen. Wie immer an Samstagen ist es bei *Aldi* brechend voll. Und wie fast jedes Mal habe ich auch heute wieder das unverschämte Glück, dass vor dem Automaten, in den man seine leeren PET-Flaschen stecken muss, um sein Pfand erstattet zu bekommen, eine große Menschenschlange ansteht. Als ich sehe, wie ein etwa drei Jahre alter Knirps darauf besteht, schätzungsweise fünfzig Flaschen im Zeitlupentempo zu versenken, erledige ich zunächst einmal meine Einkäufe.

Zuerst lege ich mir zwei *American Vollkorn-Sandwiches* in den Wagen. Danach decke ich mich mit Diätmarmelade ein. Da keine mit Himbeeren mehr vorrätig sind, entscheide ich mich für Erdbeer- und Aprikosengeschmack. Ich achte sehr darauf, nichts Fettiges einzukaufen. Schließlich möchte ich meinem leichten Bauchansatz mit gesunder Ernährung und hartem Training zu

Leibe rücken, um Sabine mit einem Sixpack imponieren zu können. Nachdem ich mir noch Obst, frisches Gemüse, Eier, Buttermilch, mageres Putenfleisch und Mineralwasser besorgt habe, versuche ich abermals mein Glück an diesem blöden Automaten.

Er steht jetzt völlig mutterseelenallein in der Ecke des Eingangsbereichs und wartet darauf, mit leeren Plastikflaschen gefüttert zu werden. Doch schon mit der dritten Flasche scheint er überfordert zu sein. Eine rote Lampe blinkt auf, und ein schrilles, lautes Piepen verrät der gesamten Kundschaft des Supermarkts, dass da ein Trottel zu doof ist, ein paar Pfandflaschen zurückzugeben.

»Einen Moment bitte! Ich komme gleich!«, ruft eine dicke und hässliche Angestellte durch den ganzen Laden. Kaum angewalzt, öffnet sie den Flaschenschlucker mit einem Spezialschlüssel, drückt einen Knopf, und schon scheint der Kasten wieder zu funktionieren.

Und tatsächlich! Endlich werde ich meine Flaschen los. *Drücken Sie die grüne Taste und entnehmen Sie den Bon* leuchtet anschließend im Anzeigenfeld auf. Ich nehme den Bon und stelle mich an der Kasse an.

Da es bei *Aldi* keine Milch mit nur 0,3 Prozent Fettanteil mehr gibt, fahre ich anschließend noch zum *Real*-Markt. Nichts werde ich dem Zufall überlassen, um meinem Traum vom flachen Bauch näherzukommen. Beim Bezahlen fällt mir ein, dass ich noch einen Pfandzettel im Geldbeutel haben muss. Vor einigen Wochen habe ich ja die leeren Bierflaschen von meiner Geburtstagsparty hier abgegeben. Irgendwo muss er doch sein! Seit geraumer Zeit erhält man im *Real*-Markt nämlich sein Flaschenpfand nicht mehr bar ausgezahlt. Stattdessen bekommt man einen Zettel in die Hand gedrückt, der mit dem nächsten Einkauf verrechnet wird. Ah, da ist er ja endlich!

»Tut mir leid, den kann ich nicht mehr annehmen«, sind die Worte der Kassiererin an der sogenannten Schnellkasse, die ihren Namen jedoch keineswegs verdient. Selten habe ich an einer Supermarktkasse länger warten müssen.

»Wieso das denn nicht?«

»Weil dieser Bon fast vier Monate alt ist.«

»Na und?«

»Hier unten steht, dass man ihn binnen vierzehn Tagen einlösen muss. Ich kann nichts dafür. Ich habe die Regel nicht gemacht.«

»Ich auch nicht. Ich will nur mein Geld zurück beziehungsweise es mit der Milch verrechnet haben.«

»Da kann ich Ihnen nicht weiterhelfen. Wenn Sie sich beschweren wollen, müssen Sie sich an die Information wenden.«

Doch auch dort stoße ich auf Unverständnis.

»Tut mir leid, aber die vierzehn Tage Frist ist bereits deutlich überschritten.« Das darf doch wohl nicht wahr sein! Langsam werde ich wütend. Ich will mein Geld zurück! Dabei geht es mir nicht um die paar Cent als vielmehr ums Prinzip. Zuerst bekomme ich anstelle meines Geldes einen Zettel und werde dann auch noch gezwungen, innerhalb der nächsten zwei Wochen erneut in diesem Laden einzukaufen. Ansonsten werde ich bestraft, indem sie mir mein mir zustehendes Geld verweigern.

Ich gebe nicht auf und verlange den Geschäftsführer zu sprechen.

»Der wird Ihnen auch nichts anderes sagen.«

Das wollen wir erst einmal sehen!

»Das ist mir egal. Ich bleibe hier so lange stehen, bis ich mein Geld habe.«

Die Dame greift zum Telefonhörer und wählt eine Nummer.

»Der Chef hat im Moment leider keine Zeit. Er hat allerdings gesagt, ich solle dieses eine Mal eine Ausnahme machen. Beim nächsten Mal geht das aber nicht mehr.«

Aha, der Chef nimmt sich also keine Zeit für seine Kundschaft, oder er ist zu feige, sich einem Problem zu stellen, und schickt seine Angestellten vor.

»Es wird auch kein nächstes Mal geben. In Zukunft werde ich mein Bier woanders kaufen.«

Widerwillig und mit bösem Blick zahlt sie mir mein Geld aus.

»Vielen herzlichen Dank und ein schönes Wochenende«, wünsche ich der zuvorkommenden Informationsfachangestellten, die mich daraufhin noch missmutiger anschaut.

Im *Real-Markt* wird Dienstleistung eben groß geschrieben. Hier ist der Kunde noch König. (Mittlerweile befinden sich auch in *Real-Märkten* Pfandautomaten und der Bon verfällt nicht mehr.)


Als ich am Abend den Fernseher anschalte, läuft gerade in der *ARD* die Sportschau mit Reinhold Beckmann. Beim Spiel *Bayern München* gegen den *1. FC Köln* schießt Bastian Schweinsteiger einen Freistoß, den der Kölner Schlussmann gerade noch auf der Linie parieren kann. Oder ist der Ball etwa doch drin gewesen? Nach der zweiten Wiederholung ist sich der Reporter sicher, dass der Ball die Torlinie nicht mit *vollem Umfang* überschritten hat.

Was? Nicht mit *vollem Umfang*? Was faselt dieser mathematische Tiefflieger denn da für eine gequirlte Scheiße? Der Umfang eines Fußballs beträgt fast siebzig Zentimeter. Das würde ja bedeuten, der Schiedsrichter dürfe erst dann auf Tor entscheiden, wenn sich der Ball beinahe siebzig Zentimeter hinter der Linie befindet. Will dieser Volldepp seine Zuschauer verarschen oder meint der etwa den Durchmesser und hat sich einfach nur versprochen? Als jedoch kurz darauf ein Spieler des *FC Bayern* den Ball, noch bevor dieser mit *vollem Umfang* die Linie überschritten hat, für seinen bereits geschlagenen Torhüter retten kann, wird mir klar, dass dieser Mann entweder die Regeln oder einfach den Unterschied zwischen einem Umfang und einem Durchmesser nicht kennt. Unglaublich, mit welchen Wissenslücken man heutzutage einen gut bezahlten Job im *öffentlich-rechtlichen* Fernsehen ergattern kann.

Nach der *Sportschau* schalte ich um auf Sat.1, wo gleich meine Lieblingsshow *Deal or no deal* beginnt.

Zu Beginn der Sendung darf sich ein Kandidat aus sechsundzwanzig Koffern einen auswählen. In diesen Koffern, die im Übrigen von hübschen Mädels bewacht werden, befinden sich Geldbeträge im Wert zwischen einem Cent bis hin zu fünfundzwanzigtausend Euro. In der Hoffnung, dass sich der Höchstbetrag in dem am Anfang ausgesuchtem Koffer befindet, werden in jeder Runde einige aus dem Spiel genommen. Zwischendurch will ein *Banker* den Kandidaten verunsichern, indem er versucht, ihm seinen Koffer abzukaufen.

Dies gelingt jedoch selbst bei guten Angeboten fast nie, und schon gar nicht nach der ersten Spielrunde. Schließlich muss die Sendung fünfundvierzig Minuten dauern. Ob Sat.1 die Aufzeichnung auch ausstrahlen würde, wenn ein Mitspieler nach nur fünfzehn Minuten auf den *Deal* eingeht? Was wäre dann mit den restlichen dreißig Minuten Sendezeit? Wahrscheinlich würde man sie mit irgendwelcher Werbung überbrücken.

»Jasmin, bitte öffne den Koffer!«

Und Jasmin öffnet den Koffer mit der Nummer sieben. Ich frage mich allen Ernstes, ob der Moderator die ständig wechselnden Frauen wirklich alle mit Namen kennt, ob er sich Fantasienamen ausdenkt oder ob hinter der Kamera die branchenüblichen Tafeln von Praktikanten hochgehalten werden. Ich werde es wohl nie erfahren!

Rrrring! … Rrrring! Das Telefon klingelt. Kaum hat man es sich zu einem gemütlichen Fernsehabend bequem gemacht, schon wird man gestört.

»Wagner?!«

»Hallo, Tommy …«

»Markus, hallo, was gibt's?«

»Wollte nur mal so hören, was du heute noch vorhast.«

»Sorry, aber ich habe im Moment keine Zeit, ich …«

»Ach was, du glotzt bestimmt gerade irgendeinen Schwachsinn im Fernsehen. Lass mich raten! Entweder eine Kochshow oder *Deal or no deal*, stimmt's?«

»Ja, das Zweite.«

»Wusste ich's doch! Komm, lass uns nachher noch was unternehmen.«

»Nein, heute nicht.«

»Warum denn nicht?«

»Ich brauche heute einfach meine Ruhe.«

»Sag mal, wie alt bist du denn? Man könnte meinen, du wärst schon in Rente.«

»Ich habe heute einfach keine Lust.«

»Los, komm schon!«

»Nein!«

So geht das noch lange hin und her, bis Markus endlich aufgibt und ich mich wieder dem Fernseher widmen kann.

Leider habe ich jetzt aber den Schluss der Sendung verpasst. Mist!

Auf der Suche nach einem spannenden Spielfilm zappe ich mich durch sämtliche Kanäle. ProSieben sendet heute *Terminator 2*, den ich mir jetzt zum x-ten Male reinziehe.

Ich muss wohl kurz eingenickt sein, denn plötzlich werde ich von einer etwas älteren, vollschlanken Dame geweckt, die mir befiehlt, sie sofort unter einer 0190-Nummer anzurufen. Ich denke aber gar nicht daran, mich um diese Uhrzeit noch bei irgendeiner hässlichen, mir unbekannten Tussi mit Hängetitten zu melden, und gehe ins Bett.


»Morgen, Tommy! Wie sieht's aus? Können wir loslegen?«

»Hallo, Stefan, mach bloß keine Hektik! Lass mir wenigstens noch ein bisschen Zeit zum Umziehen.«

Das Training läuft heute richtig gut. Wir spornen uns gegenseitig zu Höchstleistungen an. Jeder versucht den anderen durch das Auflegen höherer Gewichte oder das

Bewältigen von mehr Wiederholungen zu übertreffen. Stefan kann das Training nicht anstrengend genug sein, schließlich will er, wie er mir gesteht, bei einer Frau mit seiner hoffentlich bald durchtrainierten Figur Eindruck schinden. Wie sich herausstellt, handelt es sich hierbei um Martina, die Freundin meiner zukünftigen Gattin.

Nach der schweren Einheit an den Foltergeräten folgt, um noch etwas für die Fettverbrennung zu tun, ein dreißigminütiges Ausdauerprogramm auf dem *Crosstrainer*.

Die Getränke an der Bar bekommen wir heute von einem etwas korpulenten Mann älteren Semesters gereicht. Komisch, wie kann es sein, dass jemand mit diesem Waschbärbauch eine Anstellung in einem Fitnesscenter bekommt? Das ist ja so, als würde ein völlig mit Pickeln übersäter Teenager in einem Werbespot für *Clearasil* die tolle Wirkung des Produkts anpreisen.

»Hallo, ich bin Peter. Wir haben uns noch nicht gesehen, oder?«

Auch wir stellen uns vor, und zu unserer Überraschung erfahren wir, dass Peter der Besitzer des Studios ist.

»Wie gefällt es euch bei uns?«, will Peter wissen.

»Gut, besonders die *positiven Schmerzen* haben es uns angetan«, entgegnet Stefan.

»Ah, ihr habt Karsten also auch schon kennengelernt. Das mit den *positiven Schmerzen* ist übrigens sein Lieblingsspruch.«

»Ja, ja, das haben wir schon bemerkt.«

»Seid ihr vorher schon in einem Fitnesscenter gewesen?«

»Nein, das ist das erste Mal, dass wir ein Studio von innen sehen.«

»Hattet ihr denn starken Muskelkater nach dem ersten Training?«

»Ich eigentlich gar nicht. Nur mein idiotischer Trainingspartner. Der musste nach unserer Einweisung unbedingt noch einen *Indoor-Cycling*-Kurs bei Sabine mitmachen.«

»Das ist für den Anfang natürlich zu viel des Guten«

»Ich habe mich aber noch gut gefühlt«, lüge ich, um mich zu verteidigen und um auch mal zu Wort zu kommen.

»Hör doch auf! Du hast doch nur teilgenommen, weil du auf Sabine scharf bist.«

Was für ein Arschloch! Was bekommt Peter jetzt für einen Eindruck von mir?! Der denkt doch bestimmt, ich steige jeder gut aussehenden Frau hinterher. Manchmal könnte ich Stefan mit Anlauf in den Arsch treten.

»Da wirst du aber kein Glück haben«, grinst mich Peter an. »Die ist schon vergeben.«

Was? Und wenn schon! Die besten Beziehungen gehen schließlich in die Brüche. Außerdem hat sie sich schon mit mir verabredet. Ich muss ihr also auch sympathisch sein.

»Das hat aber am Freitagabend ganz anders ausgesehen. Da hatten wir beide nämlich eine Verabredung.«

»Und, ist sie alleine gekommen?«

»Ja. Sie hat nur eine Freundin mitgebracht.«

»Martina?«

»Ja, Martina. Warum?«

»Weil das nicht *eine* Freundin, sondern *ihre* Freundin ist.«

»Was soll das heißen?«

»Na, dass Sabine nicht auf Männer steht.«

Nicht auf Männer? Der Typ will mich doch verarschen. Das kann nicht sein. Meine Traumfrau soll eine Lesbe sein? Niemals! Ich kann das nicht glauben.

»Mach dir nichts draus. Du bist sicher nicht der Erste und aller Voraussicht nach auch nicht der Letzte, der sich bei unserer Trainerin falsche Hoffnungen macht.«

»Dann hat sich das mit Martina wohl auch erledigt«, flüstert mir Stefan enttäuscht ins Ohr.

»Scheint so.«

Warum nur? Warum immer ich? Warum muss ich bei allem immer wieder mit beiden Händen in die Scheiße fassen? Gedankenversunken, frustriert und tief enttäuscht starre ich ins Leere und bemitleide mich selbst. Dabei massiere ich mir selbst meinen schmerzenden Nacken. Es ist einfach nicht von Vorteil, auf einer unbequemen Coach einzuschlafen.

»Hast du dich verletzt?«, höre ich Peters Stimme aus weiter Ferne.

»Ja … ich … äh, nein. Ich bin nur ein wenig verspannt«, antworte ich wie in Trance.

»Dann lass dich doch massieren. Neben der Sauna befindet sich ein kleiner Massageraum, und im Moment sind keine Termine eingetragen.«

Sabine ist eine Lesbe. Ihretwegen habe ich mich hier angemeldet, und jetzt muss ich so etwas erfahren. Die Welt ist so grausam. Peter hat recht. Eine Entspannungsmassage kann jetzt nicht schaden. Vielleicht komme ich dann auf andere Gedanken.

Kaum habe ich es mir auf der Massageliege bequem gemacht, höre ich eine mir schon bekannte Stimme.

Jedoch keine, die mir ein wohliges Gefühl bescheren würde.

»Karsten?! Du massierst auch?«

»Na klar. Ich bin gelernter Masseur und medizinischer Bademeister.«

Na toll! Meine Angebetete steht auf Frauen und mein Masseur auf *positive Schmerzen*. Während Karsten mir erklärt, dass er zum Massieren Melkfett statt Öl benutzt, fährt eine Dampfwalze meinen Rücken auf und ab. Ich habe das Gefühl, Karsten möchte mir die Knochen brechen.

»Sag Bescheid, falls es dir zu fest sein sollte.«

Das würde ich ja gerne, es ist aber im Moment leider nicht möglich, da mir gerade die Luft abgedrückt wird. Ich bin zwar schon des Öfteren massiert worden, einen Mordanschlag hat dabei aber noch niemand verübt. Eigentlich wollte ich das hier genießen, hierbei handelt es sich jedoch keinesfalls um eine Wohlfühlmassage. Karsten massiert mich nicht, er massakriert mich.

»Weißt du, ich drücke lieber etwas fester als zu leicht. Man soll ja merken, dass man massiert und nicht gestreichelt wird.«

Gerade als ich diesen Metzger darauf aufmerksam machen will, dass ich gegen etwas weniger Druck nichts einzuwenden hätte, spüre ich ein Messer zwischen meiner Wirbelsäule und dem rechten Schulterblatt eindringen.

»Hier scheint mir eine hartnäckige Stelle zu sein.«

Und als Bestätigung seiner Aussage bohrt er seine Finger fast durch meinen Oberkörper hindurch. Beinahe wundert es mich, dass er vorne nicht wieder herauskommt.

»Jetzt ist dein Rücken aber ganz schön rot geworden. Daran sieht man, dass das Gewebe gut durchblutet ist.«

»Fühlt sich eher danach an, als sei mein Rücken eine einzige klaffende Wunde.«

Statt etwas Mitgefühl zu zeigen, grinst mich dieser Sadist noch blöde an. Doch Gott sei Dank hat dieses Massaker einmal ein Ende.

Anschließend versuche ich meinen lädierten Rücken unter der Dusche etwas zu kühlen. Vielleicht kann ich damit das Auftreten von riesigen Hämatomen verhindern.

Zu meinem Erstaunen sitzt Stefan noch immer am Tresen und unterhält sich angeregt mit Peter.

»Na, wie war die Massage?«

»Frag nicht, Stefan! Ich glaube, Karsten wäre im Mittelalter der perfekte Folterknecht gewesen.«

»Tommy, du kommst gerade richtig. Peter und ich diskutieren gerade über Politik und dass die arbeitende Bevölkerung immer mehr abgezockt wird.«

»Das ist doch schon lange so …«

»Ja, aber dass ich meine Miete für das Fitnesscenter, die ich monatlich zu entrichten habe, nicht mehr steuerlich geltend machen darf, ist neu. Habt ihr zudem schon gehört, dass Schuldzinsen, die ein Gewerbetreibender an seine Bank zahlen muss, zu fünfzig Prozent als Gewinn versteuert werden? Es gibt so viele Kleinbetriebe, wie zum Beispiel Friseursalons, die sich gerade noch so über Wasser halten können. Diese können ihre Mietkosten nicht mehr absetzen und sollen nach Meinung einiger Parteien noch einen gesetzlichen Mindestlohn bezahlen.

Dann ist es doch nur noch eine Frage der Zeit, bis solche Betriebe dichtmachen und ihre Angestellten vor die Türe setzen müssen.«

Peter hat sich richtig in Rage geredet und legt nun richtig los. Sein Kopf ist inzwischen so rot wie eine reife Tomate, und ich habe echt Angst, dass er jeden Moment einen Herzinfarkt erleidet.

»Natürlich muss ein Arbeitnehmer«, fährt er hektisch fort, »wenn er vierzig Stunden in der Woche arbeitet, von seinem Lohn leben können. Klein- und mittelständische Unternehmen aber eben auch. Und solange die Selbstständigen in Deutschland immer mehr zur Kasse gebeten werden, ist es einigen nun einmal nicht möglich, höhere Löhne zu bezahlen. Von den ständig steigenden Energiekosten einmal ganz zu schweigen. Warum werden nicht einfach die Lohnnebenkosten gesenkt? Dann hätte jeder Arbeitnehmer mehr Geld zur Verfügung, und die Arbeitgeber, die ja auch circa fünfzig Prozent dieser Abgaben zahlen dürfen, weniger Personalkosten. So würden beide Seiten davon profitieren. Und was passiert, wenn man mehr Geld zur Verfügung hat? Man gibt automatisch auch mehr aus. Dies hätte zwangsläufig zur Folge, dass Geschäfte wieder mehr Umsatz machen und deshalb den einen oder anderen einstellen müssten, um der steigenden Nachfrage Herr zu werden. Nur so können neue Arbeitsplätze geschaffen und dadurch die Kosten des Staates für Arbeitslosengeld gesenkt werden. Durch die steigenden Umsätze wiederum könnte der Staat auch mehr Gewerbe-, Einkommen-, Mehrwertsteuer usw. verbuchen, was dem Bundeshaushalt aufgrund des hohen Schuldenberges gut zu Gesicht stünde. Aber anstelle den

Menschen durch solche Steuererleichterungen mehr Geld für Konsum zur Verfügung zu stellen, wird regelmäßig einem nackten Mann in die Taschen gegriffen. Die Gewerkschaften sollen in Zukunft nicht für höhere Löhne, sondern vielmehr für niedrigere Lohnnebenkosten auf die Straße gehen. So wäre am Ende jedem geholfen, dem Arbeitnehmer, dem Arbeitgeber und nicht zuletzt dem Staat.«

Peter ist jetzt kurz vorm Platzen. Er hat mittlerweile offensichtlich einen derart erhöhten Blutdruck, dass man am besten keine Zwischenfragen stellt, sondern ihm einfach nur zuhört.

»Außerdem ist es eine bodenlose Unverschämtheit, dass ein Arbeitnehmer, der mit etwa fünfzig Jahren arbeitslos wird und über dreißig Jahre geschuftet hat, nach nur einigen Monaten mit einem Schmarotzer gleichgestellt wird, der in seinem ganzen Leben noch nie einen Finger krumm gemacht hat. Jeder hat zwar ein Recht auf Faulheit, aber keiner darf ein Recht auf bezahlte Faulheit haben.«

Bravo, da hat er aber recht! Jetzt bloß nicht seinen Redeschwall unterbrechen …

»Ständig heißt es doch, man solle, da das zu erwartende Rentenniveau in Zukunft nicht mehr zum Leben ausreicht, privat vorsorgen. Viele haben aber nicht mehr die Möglichkeit, monatlich etwas zu sparen. Und wenn doch, darf man keinesfalls seinen Job verlieren, sonst muss man, bis auf einen kleinen Teil, alles aufgebraucht haben, ehe man überhaupt einen Anspruch auf Arbeitslosengeld II hat. Mittlerweile ist jeder, der in diesem Staat noch einer Arbeit nachgeht, eine arme

Sau. Wir sind doch alle nur die Melkkuh einer unfähigen Regierung. Das liegt wahrscheinlich daran, dass die meisten Politiker im Bundestag keinerlei Ahnung davon haben, was in der freien Wirtschaft abgeht. Jeder Handwerker benötigt, um seinen Beruf ausüben zu dürfen, eine Ausbildung. Politiker hingegen können ohne fundierte Ausbildung ein Amt übernehmen und ohne eine Umschulung in der nächsten Legislaturperiode ein ganz anderes. Das ist doch nicht mehr zu verstehen, oder? Meiner Meinung nach verdienen Politiker in Deutschland einfach zu wenig. Und das meine ich völlig ernst!«

Stefan und ich schauen uns verdutzt an. Was hat der da gerade gesagt? Politiker verdienen zu wenig? Ist der denn bescheuert?

»Bundestagsabgeordnete sollen ruhig zwei Millionen Euro pro Jahr verdienen. Wenn sie dann irgendwann aus ihrem Amt ausscheiden, dürften sie aber keine lebenslange Pension auf Kosten des Steuerzahlers bekommen. Da müssten sie schon selbst dafür sorgen. Außerdem müsste es untersagt sein, dass ein Berufspolitiker noch in zig Aufsichtsräten von Großfirmen sitzt, wobei es sich ohnehin um eine logistische Meisterleistung und darüber hinaus um eine legale Art der Bestechung handelt. Wenn in der Politik genauso viel Geld wie in der freien Wirtschaft zu verdienen wäre, würden möglicherweise auch fähige Topmanager, die Ahnung von der Materie haben, den Weg in die Politik finden.«

Klingt eigentlich ganz vernünftig, was Peter so von sich gibt, auch wenn sein Gesichtsausdruck etwas anderes vermuten lassen könnte.

»Und was mir auch noch stinkt, ist, dass meine Frau und ich einen höheren Beitrag in die Pflegeversicherung zahlen müssen, nur weil wir kinderlos sind. Dabei haben wir uns so sehr Kinder gewünscht! Nur weil meine Frau keine bekommen kann, werden wir doppelt bestraft. Da soll mir noch einer etwas von sozialer Gerechtigkeit erzählen.«

Nun tut er mir fast schon ein bisschen leid. Eigentlich hat er ja auch recht mit dem, was er sagt, auch wenn er sich schon etwas stark hineinsteigert.

»Solange wir uns das Ganze gefallen lassen, wird sich sicherlich auch nichts ändern. Und wie heißt es so schön? Jedes Land hat die Regierung, die es verdient.«

Nachdem Peter sich mal so richtig seiner angestauten Wut über die politischen Begebenheiten in diesem unserem Land entledigt und uns, wie er meint, ein paar bedenkenswerte Anregungen mit auf den Weg gegeben hat, verabschieden wir uns.

Mann, hat der Dampf abgelassen! Unterwegs muss ich tatsächlich über die ein oder andere Sache, die er angesprochen hat, nachdenken. Und wenn man sich in seine Lage versetzt, kann man seine Wut wirklich ein wenig verstehen.

An ein bequemes, entspanntes Liegen in Rückenlage ist an diesem Abend nicht im Entferntesten zu denken. Mein Körper protestiert jetzt gegen Karstens Misshandlungen. Verzweifelt versuche ich mich in eine einigermaßen schmerzfreie Position zu bringen, und so liege ich schließlich auf dem Bauch. Vor meinem geistigen Auge laufen nochmals die Erlebnisse des heutigen Tages ab.

Besonders die Nachricht, dass Sabine lesbisch sei und ich somit keinerlei Chancen bei ihr habe, lässt mir keine Ruhe. Als ich das letzte Mal auf meinen Wecker blicke, ist es bereits kurz vor zwei.

Als ich am nächsten Morgen Ludgolf erblicke, bleibt mir fast die Spucke weg. Mein Kollege trägt statt seiner langen ungepflegten Haare plötzlich eine moderne Kurzhaarfrisur, und sein Teint lässt darauf schließen, dass er am Wochenende einen ausgiebigen Solariumsbesuch getätigt hat. Nun sieht die Giraffe einem menschlichen Wesen eigentlich recht ähnlich. Was eine Frisur so alles bewirken kann, ist schon erstaunlich.

»Ludgolf, wie siehst du denn aus?«

»Gefällt es dir?«

»Ich muss zugeben, du hast schon schlimmer ausgesehen.«

»Sieht toll aus, meine neue Frisur, nicht wahr!?«

»Warum hast du dir deine Haare eigentlich abschneiden lassen? Du hast wohl eine Wette verloren, was?«

»Nee, meine Freundin liegt mir schon seit Monaten damit in den Ohren. Am Samstag bin ich zum Friseur gegangen, um sie zu überraschen. Und was soll ich sagen, die Überraschung ist mir gelungen.«

Ich glaub, mich trifft der Schlag. Ludgolf hat eine Freundin! Das kann doch nicht wahr sein.

»Seit wann hast du denn eine Freundin?«, will ich wissen.

»Och, schon seit über einem Jahr. Warum?«

»Und warum hast du das mir gegenüber nie erwähnt?«

»Weil du nie danach gefragt hast, und außerdem geht dich das auch gar nichts an. Übrigens, ich soll dir vom Chef ausrichten, dass er dich sprechen will. Sollst in sein Büro kommen.«

»Ludgolf, du hast eine Freundin?!«

»Tommy, der Chef wartet!«

»Ja, ja, ich geh ja schon.«

Die Tür zum Büro unseres Vorgesetzten steht sperrangelweit offen. Schon von weitem ist seine Stimme zu vernehmen. Offensichtlich telefoniert er gerade. Ich klopfe an, um mich bemerkbar zu machen. Ich werde hereingewinkt und per Handbewegung aufgefordert, Platz zu nehmen. Ich frage mich, was er wohl so Dringendes mit mir besprechen möchte. Vielleicht bietet er mir endlich eine Gehaltserhöhung an. Zeit dafür wäre es ja. Meine letzte liegt schließlich schon über zwei Jahre zurück.

»Sag mal, bist du bescheuert?«, werde ich gefragt, nachdem er sein Gespräch beendet hat.

»Wieso, worum geht es denn?«

»Jetzt stell dich nicht blöder, als du bist!«

»Ich habe keine Ahnung, was du meinst.«

»Willst du mich etwa verarschen? Wie kommst du dazu, Bilder von nackten Frauen an Firmenkunden zu versenden?«

Oh, oh, da muss beim Versenden offensichtlich etwas schiefgelaufen sein!

»Heute Morgen hat sich Frau Brechtel von der Firma *Olega* bei mir über dich beschwert.«

Typisch, dass diese blöde Kuh sich darüber aufregen

muss! Ich wette, Herr Vogel von der *Bauder GmbH* findet die Fotos klasse.

»Sie hat sogar gedroht, beim nächsten Vorfall dieser Art die Geschäftsbeziehungen zu *P. Johnson* zu beenden. Mensch Tommy, *Olega* ist ein ganz wichtiger Kunde für uns. Wir können es uns nicht leisten, einen solch wichtigen Partner zu verlieren. Was hast du dir bloß dabei gedacht? Wir sind ein seriöses Unternehmen und können uns solche infantilen Spielchen nicht erlauben. Du kannst dir zu Hause so viele nackte Weiber anschauen, wie du nur möchtest, aber nicht in dieser Firma. Ist das klar?«

»Ja!«

»Ich hoffe, wir haben uns verstanden!«

Ich versuche erst gar nicht zu erklären, dass es sich hierbei um ein Versehen handelt. Er würde mir ohnehin nicht glauben. Aber wie konnte so etwas nur passieren? Haben mich die Gedanken an Sabine am Freitag etwa so abgelenkt, dass ich einen derartigen Fehler begangen habe? Oder vielleicht hat mir auch jemand ins Auge geschissen. Wie dem auch sei, peinlich ist die Sache allemal. Aber deshalb gleich einen solchen Aufstand zu machen, finde ich doch etwas übertrieben. Verärgert über meine eigene Dummheit und ziemlich schlecht gelaunt verlasse ich das Büro meines direkten Vorgesetzten und begebe mich zurück an meinen Arbeitsplatz.

»Na, alles klar? Was hat er denn von dir gewollt?«, will mein neugieriger Kollege wissen.

»Ach, nichts Besonderes. Sag mal, wie war denn dein Termin am Freitag?«

»Ist ganz gut gelaufen. *Posium* hat zwar noch zwei andere Angebote von der Konkurrenz, ich glaube aber, dass wir im Laufe dieser Woche mit einer Zusage rechnen können.«

»Na hoffentlich! Dann hätte sich dein Ausflug wenigstens gelohnt.«

»Ja, zumal das Autofahren die reinste Qual war. Gott sei Dank ist Karlsruhe nicht allzu weit entfernt.«

»Wieso? Was ist denn passiert?«

»Nichts, aber der Wagen hat innen gestunken, dass mir übel wurde. Das hat gerochen, als ob jemand in den Wald gepisst hätte. War fast nicht zum Aushalten.«

Obwohl ich im Moment nicht gerade in Hochgefühlen schwelge, muss ich mir das Lachen verkneifen. Hat dieser sogenannte Wunderbaum doch keines vollbracht. Er hat den Uringestank zwar nicht überdecken können, dafür hat Ludgolf aber das Gefühl gehabt, in der freien Natur zu sein. Ist doch auch nicht schlecht, oder?

Im Übrigen habe ich Recht behalten. Herr Vogel hat mir eine E-Mail geschickt und sich darin für den tollen Kalender bedankt. Es gibt eben doch noch Menschen, die trotz des heutigen Leistungsdrucks nicht alles so bierernst nehmen.

Als ich am Abend meinen Briefkasten leere, habe ich wie fast jeden Tag alle Hände voll zu tun, die unzähligen Werbeprospekte in meine Wohnung zu schleppen. Ich glaube, irgendjemand hat es auf mich abgesehen und findet Gefallen daran, mich ständig mit dieser Papierflut zuzuschütten. Trotzdem überfliege ich die Angebote im Schnelldurchlauf. Es könnte wider Erwarten ja doch etwas Interessantes dabei sein. Aha, ein Preisknüller in der Getränkeabteilung des *Real*-Marktes. In den Müll! Als Nächstes ein paar Preisschlager der Firma *Globus*. *Da ist die Welt noch in Ordnung*, so der Werbeslogan auf der Rückseite. Na hoffentlich! Vielleicht sollte ich ja in einen *Globus*-Fachmarkt einziehen, denn meine Welt ist im Moment alles andere als in Ordnung.

Zwischen dem ganzen Papierkram entdecke ich noch eine Rechnung der *Deutschen Telekom* in Höhe von vierundzwanzig Euro und sechsundsiebzig Cent sowie, wie könnte es anders sein, eine Kundeninformation der Metzgerei *Müller*. Inzwischen habe ich es zu meinem Hobby gemacht, die zahlreichen Rechtschreibfehler auf diesem Flyer zu markieren. Der absolute Hammer jede Woche – abgesehen davon, dass man das substantivierte Verb nach einem bestimmten Artikel dort häufig klein schreibt – ist der berühmt-berüchtigte *Dienstag's Tip*. Gleich drei Fehler in einem Begriff – rekordverdächtig!

Allein dieser Apostroph! Der dient im Deutschen gemeinhin als Auslassungszeichen, wird inzwischen aber geradezu inflationär falsch benutzt. Es würde mich keineswegs wundern, wenn man in Zukunft auch beim Plural ein solches Häkchen sehen könnte. Zum Beispiel: Bei einem Unfall kamen acht *Auto's* zu schaden. Oder: Die *Foto's* sind unscharf geworden. Weiter schreiben diese Diplom-Legastheniker das Wort *Tipp* mit nur einem *p*, und zu guter Letzt gehört das Wort zusammengeschrieben. Es kann ja schon mal passieren, dass sich ein Fehler einschleicht, aber dieser orthografische Schwachsinn wird seit nunmehr einigen Wochen in der Stadt verteilt. Wie soll unsere Jugend jemals einigermaßen fehlerfrei schreiben lernen, wenn sie ständig mit solchen Dingen bombardiert wird? Vielleicht macht sich aber auch bemerkbar, dass ich früher in der Schule Deutsch als Leistungskurs gewählt hatte und aus diesem Grund extrem allergisch auf solche Sachen reagiere. Aber ist es denn zu viel verlangt, einen solchen Flyer Korrektur lesen zu lassen? Ich glaube nicht.

Nur noch vier Tage arbeiten, dann habe ich drei Wochen Urlaub. Ich kann das Wochenende kaum erwarten. Drei Wochen am Stück! So viel Freizeit hatte ich, glaube ich, das letzte Mal als Schüler.

Eigentlich habe ich noch keine konkreten Pläne, was ich mit dieser Zeit anfangen könnte. Hauptsache, ich muss das *P. Johnson*-Gebäude nicht von innen sehen.

Das Fitnesscenter sieht mich in dieser Woche nicht. Zu tief sitzt noch die Enttäuschung über die Homosexualität von Sabine und die daraus resultierende Chancenlosigkeit meinerseits. Selbst die täglichen Anrufe meines Trainingspartners können mich nicht umstimmen.

Am Samstag fahre ich anlässlich des sechzigsten Geburtstages meines Vaters Werner zu meinen Eltern nach Mannheim-Gartenstadt.

Dieser Stadtteil zählt zweifelsohne zu den schönsten Mannheims.

Meine Eltern haben sich dort in den Siebzigerjahren einen Bungalow direkt am Waldrand gebaut. Als Kinder haben mein Bruder Eric und meine Wenigkeit oft mit unseren Kumpels auf einem Bolzplatz im Wald Fußball gespielt, ohne dass sich irgendwer daran gestört hätte. Heutzutage herrscht auf diesem Platz leider ein generelles

Spielverbot an Sonntagen, und auch unter der Woche darf dieser nur zu bestimmten Zeiten genutzt werden. Kein Wunder, dass sich viele Jugendliche hinter ihren Spielkonsolen und Computern verstecken, statt an der frischen Luft zu spielen.

Wie dem auch sei, ich stehe jetzt vor eben diesem Bungalow und läute bereits seit einiger Zeit, ohne dass mir geöffnet wird. Bestimmt befinden sich bei diesem schönen Wetter alle im Garten, und bei dem Geräuschpegel, den meine buckelige Verwandtschaft zu veranstalten pflegt, könnte man selbst eine Feuerwehrsirene überhören. Nach gefühlten zwei Stunden werde ich endlich hereingebeten, und meine Mutter fällt mir um den Hals.

»Schön, dass du endlich da bist. Wir haben schon auf dich gewartet. Hast du denn schon lange geklingelt? Du hast Glück gehabt, dass ich gerade auf die Toilette wollte, sonst hätte ich dich vermutlich gar nicht gehört. Geh doch schon einmal nach hinten. Wir sind alle im Garten. Ich komme gleich nach.«

Alle sind sie gekommen, um sich auf Kosten meines Vaters den Bauch vollzuschlagen. Seine Schwester Bärbel mit ihrem Mann Wolfgang, Oma Anita und Opa Willi, mein Bruderherz, die gesamte Nachbarschaft und zahlreiche Bekannte, die ich jedoch größtenteils nur vom Sehen kenne.

Wie in all den vorangegangenen Jahren lässt es sich das Geburtstagskind auch diesmal nicht nehmen, selbst am Grill zu stehen.

»Hey, Papa! Alles Gute zum Sechzigsten!«

»Vielen Dank! Du kommst gerade richtig. Die Steaks sind jeden Moment fertig.«

Bevor ich mir einen Platz suche, überreiche ich ihm sein Geschenk. Es handelt sich hierbei um das Handy, das ich mir erst vor ein paar Tagen gekauft habe. Schließlich brauche ich es ja jetzt nicht mehr.

Wie wichtig es ist, sich bei einem Geburtstagsgeschenk innerhalb der Familie abzusprechen, erfahre ich erst später. Jetzt ist mein Vater nämlich stolzer Besitzer von drei nagelneuen Mobiltelefonen.

Ich setze mich neben Oma Anita, Opa Willi und Eric auf die eigens für die Party neu gekauften Bierbänke.

Es ist immer wieder lustig, eine Feier neben unseren Großeltern erleben zu dürfen. Besonders die Sprüche von Opa gehören schon seit Jahren zu den Höhepunkten einer solchen Veranstaltung.

»So jung wie heute kommen wir garantiert nicht mehr zusammen« ist dabei noch die harmloseste Aussage.

»Wenn du morgen aufwachst und dir tut nichts mehr weh, dann bist du tot« ist ebenfalls legendär. Was mir persönlich jedoch am besten gefällt und meinem Opa stets böse Blicke beschert, ist die Feststellung: »Wenn ich nicht geheiratet hätte, ich könnte Porsche fahren.«

Ein weiteres Highlight einer solchen Familienzusammenkunft ist die Tatsache, dass Opa Willi stets, was immer es auch geben mag, das tolle Essen lobt und er, der sonst so gut wie nie Alkohol trinkt, sich das ein oder andere Bierchen gönnt. Natürlich darf im Anschluss an den Gaumenschmaus ein Verdauungsschnäpschen nicht fehlen, und so macht die Wirkung des für ihn ungewohnten Alkoholkonsums sich im Laufe des Abends deutlich bemerkbar.

Sobald er etwas angeheitert ist, beginnt er, obwohl er sonst tiefsten Mannheimer Dialekt spricht, hochdeutsch zu reden. Darüber hinaus fängt er an, sich über seine eigenen Sprüche köstlich zu amüsieren. Dies ist für Oma Anita das Zeichen, ihm das Trinken und vor allem das laute Lachen zu verbieten. Einmal in Stimmung, lässt sich Opa aber nichts untersagen, schon gar nicht von seiner eigenen Frau.

»Du gönnst mir rein gar nichts!« oder »Lass mich doch, zu Hause habe ich eh nichts zu lachen!« ist dann meist seine Reaktion.

»Hey, Tommy, wie geht's?«

Die Stimme kommt mir irgendwie bekannt vor. Erstaunt drehe ich mich um.

»Onkel Deti?! Du bist auch hier!? Ich dachte, du wärst in Amerika.«

»Ich lasse mir doch den sechzigsten Geburtstag meines großen Bruders nicht entgehen.«

»Seit wann bist du denn in Deutschland?«

»Ich bin gestern erst gelandet und muss am Montag bereits wieder zurückfliegen. Du weißt ja, ich bin immer im Terminstress.«

»Wie läuft es denn so im *Land der unbegrenzten Möglichkeiten*? Was macht die Finanzkrise?«

»Na, da, wo ich bin, hält es sich in Grenzen. In Großstädten merkt man es besonders. In Idaho jedoch ist davon, aufgrund der relativ niedrigen Grundstückspreise, kaum etwas zu spüren. Im Gegenteil, immer mehr Menschen nutzen dort die Unsicherheit am Markt, um günstig Häuser oder Land zu erwerben. Das würde ich dir übrigens auch empfehlen. Wenn du möchtest, verkaufe ich dir eines.«

»Mir? Was soll ich denn mit einem Grundstück in den Vereinigten Staaten?«

»Sieh es doch einfach als Kapitalanlage. Du wirst sehen, in den nächsten Jahren werden die Preise dort anziehen. Vertrau mir! Ich mache dir natürlich auch ein gutes Angebot.«

»Was soll es denn kosten?«

»Das, welches ich für dich im Auge habe, würde für dich ungefähr neuntausend Dollar kosten und hat eine Gesamtfläche von circa elftausendfünfhundert Quadratmetern.«

»Wie viele Quadratmeter?«

»Ja, du hast richtig gehört! In Idaho gibt es noch Gegenden, da bekommt man Bauland, wenn man es mit Deutschland vergleicht, fast noch geschenkt.«

»Klingt verlockend.«

»Achtung, heiß und fettig!«, ruft mein Vater und stellt uns einen überdimensional großen Teller mit gegrilltem Fleisch und Würstchen direkt vor die Nase.

»Es ist noch genügend da. Sagt Bescheid, wenn ihr noch etwas wollt.«

»Man könnte meinen, wir sind am Verhungern«, grinst mich mein Bruder an.

»Du kennst doch unseren Vater. Der hat immer Angst, das Essen könnte nicht reichen, und am Ende bleibt noch eine Menge übrig.«

»Weißt du was? Komm mich doch einfach in Amerika besuchen. Dann zeige ich dir die Umgebung, und du entscheidest dich erst, wenn du dir das Grundstück angeschaut hast. O. k.?«

»Einverstanden!«, antworte ich, während mir Opa Willi ins Ohr schmatzt. »Gestern war mein letzter Arbeitstag. Ich habe jetzt drei Wochen Urlaub, und da ich im Moment eh nicht weiß, was ich mit so viel Freizeit anfangen soll, werde ich dir tatsächlich einen Besuch abstatten.«

Und so schildere ich Onkel Deti mein Pech in der Liebe und den Frust, den mein Job mir bereitet.

Langsam bricht die Dunkelheit über die Gartenstadt herein, und die solarbetriebenen Lampen, die meine Mutter scheinbar wahllos im Garten platziert hat, beginnen zu leuchten. Auch die bestimmt schon fünfundzwanzig Jahre alte Lichterkette mit ihren bunten Glühbirnen brennt wie eh und je und entfacht in mir ein Déjà-vu. Ich fühle mich wieder in meine Kindheit zurückversetzt, als ich mich mit meinem Bruder darum gestritten habe, wer von uns beiden die besagte Lichterkette einschalten darf.

Inzwischen redet Opa wieder fast perfektes Hochdeutsch und gibt jedem zu verstehen, dass er starke Magenschmerzen habe und schleunigst einen Verdauungsschnaps benötige. Auf diesen Augenblick hat mein Vater die ganze Zeit gewartet. Da es sich nun einmal gehört, dass man mit seinen Gästen anstößt, hat auch er einen plausiblen Grund, sich dem Alkohol zu widmen. Und Opa hat an diesem Abend sehr häufig sein berühmtes Magendrücken. Auch ich muss das ein oder andere Schnäpschen mittrinken, und so kommt es, dass ich heute Abend nicht mehr nach Hause fahre, sondern in meinem alten Kinderzimmer übernachte.

Dieses gleicht mittlerweile allerdings mehr einem Museum denn einem Raum eines Einfamilienbungalows. Die gesamte Einrichtung ist rustikal und derart alt, dass ich Angst habe, in der Nacht von Holzwürmern aufgefressen zu werden. Besonders die Nähmaschine aus dem Jahre 1898 weist verdächtig viele dieser typischen kleinen Löcher auf. Aber auch die alten Stühle, die meine Mutter in einem Antik-Möbelladen erstanden hat, scheinen ihre besten Tage schon lange hinter sich zu haben. Wenigstens das Bett, in dem ich schlafen soll, ist etwas moderner und hoffentlich auch etwas stabiler.

Menschen, die sich für uralte Möbel interessieren, würden sicherlich Eintritt bezahlen, um diesen Raum zu besichtigen. Das wäre bestimmt ein lukrativer Nebenverdienst für meine Eltern, denn Leute mit Hang zu holzwurmverseuchten Dingen gibt es mehr als genug.

Gegen Mittag findet das in unserer Familie schon traditionelle Resteessen statt. Das heißt, nach jedem Fest trifft sich die engste Verwandtschaft zum gemeinsamen Vernichten der übrig gebliebenen Speisen. Da mein Vater und meine Mutter stets darauf bedacht sind, möglichst jeden Magen bis zum Bersten zu füllen, bleibt dafür jedes Mal mehr als genug übrig. Und weil es doch schade wäre, das gute Essen verderben zu lassen, fressen wir uns abermals bis an die Kotzgrenze voll. Auch Opa Willi und Oma Anita lassen sich die Fressorgie nicht entgehen. Opa ist jedoch deutlich anzusehen, dass ihm die Schnäpschen am Vorabend nicht allzu gut bekommen sind. Ständig klagt er über Kopfschmerzen und dass das Wetter an diesem Zustand schuld sei. Schließlich sei er in letzter Zeit sehr wetterfühlig geworden.

»Erzähl keinen Mist! Wer saufen kann, der braucht sich hinterher nicht zu beschweren«, sind Omas einfühlsame Worte.

Erstaunlicherweise hat er trotz des vielen Essens heute keinerlei Magenbeschwerden und begnügt sich mit dem Genuss von stillem Mineralwasser.

»Hey, Tommy, hast du was dagegen, wenn ich dich in die USA begleite?«

»Eric, du?! Du willst mitkommen?«

»Wieso denn nicht? Ich habe gerade Semesterferien, und irgendjemand muss doch auf dich aufpassen in so einem großen Land.«

»Einverstanden. Und was ist mit deiner Flugangst?«

»Ich bin doch kein kleines Kind mehr.«

»O. k. Lass uns morgen früh in ein Reisebüro gehen und unseren Trip buchen.«

Um ehrlich zu sein, bin ich über die Reisefreudigkeit meines Bruders etwas überrascht. Wir beschließen, bevor wir unseren Onkel besuchen, vorher noch eine kleine Rundreise durch den Westen der USA zu machen.

Wir verabreden uns auf dem Parkplatz des *Burger Kings* in Malad/Idaho mit Onkel Deti in genau zwölf Tagen.

»Das ist sicherer, denn mein Grundstück liegt etwas

außerhalb und ist für Nicht-Ortskundige sehr schwer zu finden.«

Er übergibt uns seine neue Telefonnummer und eine von ihm gezeichnete Wegbeschreibung des besagten Treffpunkts, des einzigen *Burger Kings* im Ort.

»Schön, dass ihr mich einmal besuchen kommt. Ich freu mich!«

Am folgenden Tag verbringen wir fast zwei Stunden im Reisebüro. Karin Schneider, die Besitzerin, nimmt sich viel Zeit und stellt uns eine komplette Rundreise zusammen. So buchen wir von Deutschland aus alle Übernachtungen in den verschiedenen Hotels, einen Inlandsflug von Las Vegas nach Salt Lake City und natürlich die notwendigen Mietwagen.

»Die Autovermietungen vor Ort werden versuchen, euch einen größeren Wagen zu überlassen, um so eine teure Autoversicherung zu verkaufen. Lasst euch bloß nicht darauf ein. Die wollen euch nur das Geld aus der Tasche ziehen. Die Versicherung ist vollkommen ausreichend und deckt alle eventuellen Schäden ab«, warnt uns Karin.

Nach einem kleinen Abstecher zur Sparkasse, in der wir uns mit Dollars eindecken, sind wir praktisch fertig zur Abreise. Jetzt können wir es kaum noch abwarten, dass es endlich losgeht.

Als das Flugzeug dann am Freitag abhebt, sitzen wir gespannt nebeneinander und fragen uns, was uns auf dieser Reise wohl alles Aufregendes widerfahren wird.

Zu meiner Überraschung hat sich mein Bruder Eric sogar einen Fensterplatz ergattert.

Kaum haben wir unsere Reiseflughöhe erreicht, bekommen wir eine Mahlzeit gereicht. Oh, wie ich diese kleinen Plastikdinger hasse, in denen der Fraß in der Bordmikrowelle erhitzt wird. Zum einen reicht die Menge noch nicht einmal aus, ein Kleinkind satt zu kriegen, und zum anderen ist der Inhalt so heiß, dass man ewig warten muss, bis man überhaupt in den Genuss kommen kann, das Ganze herunterzuwürgen, ohne sich den Mund dabei zu verbrennen.

Nachdem wir das Essen, ohne zu kotzen und ohne uns Brandblasen zuzufügen, überlebt haben, stellen wir unsere Rückenlehnen etwas zurück und freuen uns auf den angekündigten Film. Es handelt sich dabei um einen Streifen, von dem ich bisher weder etwas gehört noch irgendetwas gelesen habe. Er muss wohl auch sehr spannend gewesen sein, denn rechtzeitig zum Abspann werde ich von einer freundlichen Flugbegleiterin mit den Worten »Was möchten Sie trinken?« geweckt.

Schier unendlich scheint dieser zwölfstündige Flug nach L. A. zu dauern. Die einzige Abwechslung neben den zwei unerträglich schlechten Filmen ist dabei die Bordküche, die uns jetzt zum zweiten Mal zu vergiften versucht.

»Hey, Eric, mit dem Essen stimmt etwas nicht!«

»Was soll denn damit, abgesehen davon, dass es nicht schmeckt, nicht in Ordnung sein?«

Schon beim ersten Bissen habe ich gemerkt, dass bei der Wurst, die da so harmlos auf meiner Brotscheibe liegt, höchstwahrscheinlich das Verfallsdatum schon gut und gerne zwanzig Jahre überschritten ist.

»Jetzt stell dich nicht so an, Tommy! Du bist vielleicht eine Memme!«

Ich hätte wohl auf mein Gefühl hören und das Essen zurückgehen lassen sollen. Der Hunger und die Vorstellung, vor meinem Bruder als Memme dazustehen, lassen mich das verweste Stück Schwein hinunterwürgen. Und das ist, wie sich schon bald herausstellen soll, ein großer Fehler.

Schon nach kurzer Zeit fühle ich mich von Minute zu Minute schlechter. In meinem Bauch beginnt es verdächtig zu grummeln. Habe ich's doch gewusst! Warum habe ich mich nicht über die Mahlzeit beschwert, statt sie einfach in mich hineinzustopfen?

»Achtung, meine sehr geehrten Damen und Herren!«, hallt es aus den Lautsprechern, »hier spricht Ihr Kapitän. Wir haben soeben unsere Reisehöhe verlassen und werden in etwa fünfundzwanzig Minuten auf dem *International Airport* in Los Angeles landen. Ich darf Sie nun bitten, Ihre Rückenlehne senkrecht zu stellen und sich vorschriftsmäßig anzuschnallen.«

Des Weiteren werden wir darauf aufmerksam gemacht, dass sich ein Blick aus dem Bordfenster beim Landeanflug lohnen würde, da man durch die gerade hereinbrechende Dunkelheit einen Blick auf die beleuchteten Pools der zahlreichen Prachtvillen von Beverly Hills ergattern könne.

Dieser Anblick entbehrt mit an Sicherheit grenzender Wahrscheinlichkeit nicht einer gewissen Faszination, aber das ist mir im Moment völlig egal. In meinem Bauch braut sich mittlerweile ein heftiges Gewitter zusammen. Vor Schmerzen gekrümmt frage ich mich, ob ich es noch bis zum Aufsetzen des Flugzeugs aushalten kann.

»Tommy, ich kann bereits die ersten Lichter erkennen. Mann, sieht das abgefahren aus! Willst du nicht auch einmal schauen?«

Langsam beginnen mir die Schweißperlen die Stirn hinunterzulaufen, und ich überlege, ob es etwas Schlimmeres gibt als das Gefühl, jeden Moment in den Sitz eines voll besetzten Flugzeugs scheißen zu müssen. Aus und vorbei! Ich kann nicht mehr! Ich halte es nicht mehr länger aus. Hastig öffne ich den Sicherheitsgurt und gehe von Krämpfen geplagt in Richtung Toilette.

»Hallo?! Bitte begeben Sie sich unverzüglich zurück auf Ihren Platz. Während des Landeanflugs ist es strengstens untersagt ...«

Rrrums! Kaum ist die Türe ins Schloss gefallen und die Flugbegleiterin vor Schreck verstummt, versuche ich die Kloschüssel zu sprengen, was mir auch beinahe gelingt.

Ich glaube, ich muss dieser Fluggesellschaft einen Liebesbrief zukommen lassen, denn es kann doch nicht sein, dass man hier versucht, Reisende zu vergiften, und dann auch noch straffrei davonkommt. Darüber hinaus wünsche ich mir beim nächsten Flug – vorausgesetzt, ich überlebe das Ganze hier – eine Sitzheizung auf der Toilette. Die Brille hier ist nämlich, vornehm ausgedrückt, etwas kühl. Vor allem aber ein Schalldämpfer und eine Dunstabzugshaube könnten bei meinem Durchfall hier nicht schaden.

»Hallo, bitte kommen Sie sofort raus! Ich muss Sie warnen!«, ruft die Stewardess in einem säuerlichen Ton und pocht dabei heftig gegen die Türe.

»Kommen Sie doch herein!«, rufe ich zurück. »Aber nur mit Gasmaske!«

So eine blöde Kuh! Denkt die allen Ernstes, ich sitze hier aus Spaß an der Freude? Die sollte das Essen, das sie serviert, einmal selbst probieren. Danach können wir weiterreden.

Ich weiß nicht, ob sie mich gehört hat oder ob es an den Rauchschwaden liegt, die nun langsam unter der Türe hindurch nach außen dringen, jedenfalls herrscht jetzt Ruhe. Entweder hat sie aufgegeben oder ist bewusstlos geworden.

Nachdem ich meinen Darm unter ständigem Gewitter entleert habe, spüre ich, wie das Flugzeug auf dem Rollfeld aufsetzt. Na super! Jetzt hat Eric die beleuchteten Luxusgärten bewundern dürfen, und alles, was ich zu berichten habe, ist die Tatsache, dass ich mir fast die Nasenflügel weggeätzt habe. Aber zumindest geht es meinem Bauch wieder etwas besser.

Die Flugbegleiterin wirft mir beim Aussteigen noch einen bösen Blick zu, wünscht mir aber vorschriftsmäßig einen schönen Aufenthalt. Der Putzkolonne wünsche ich beim Betreten der Toilettenanlage viel Spaß.

»Du bist ja so etwas von empfindlich! Eine richtige Memme eben!«

Aus Respekt vor den finster dreinblickenden Cops im Flughafengebäude verzichte ich schweren Herzens darauf, Eric mit Anlauf in seinen Allerwertesten zu treten.

Überwältigt von der Größe des *International Airports*, der selbst den Flughafen in Frankfurt am Main recht mickrig wirken lässt, stehen wir in einer Schlange zur Personenkontrolle. Als wir nach langem Warten an der

Reihe sind, werden wir von einem mexikanisch aussehenden Mann kritisch begutachtet.

*»Where do you come from?«*, will Mr Fernandez wissen,
während er eingehend meinen Pass untersucht.

Was ist denn das für eine bescheuerte Frage? Das Her-
kunftsland steht doch in zig Sprachen im Innern des
Ausweises.

*»How long do you wonna stay in the United States?«*

Schon wieder so eine Frage! Warum haben wir denn
das Einreiseformular im Reisebüro ausgefüllt?

Einige Fragen und etwa eine Viertelstunde später werden schließlich noch unsere Fingerabdrücke gescannt.
Die Kontrolle in Amerika dauert viel länger, als ich
es von anderen Ländern her kenne. Zum Abschluss
bekommt jeder von uns noch einen Stempel in seinen
Reisepass, aus dem unmissverständlich hervorgeht, bis
zu welchem Datum wir die USA wieder verlassen müssen. Endlich dürfen wir passieren.


Direkt vor dem Haupteingang des Flughafengebäudes
befindet sich eine Bushaltestelle, an der Ankömmlinge
von ihren jeweiligen Autovermietungen abgeholt werden. Wir müssen auch nicht lange warten, bis wir in
einen Bus mit der Aufschrift unserer Autovermietung
namens *Alamo* einsteigen dürfen. Genau wie uns Karin
im Reisebüro prophezeit hat, versucht man uns gegen
einen geringen Aufpreis ein größeres Auto anzubieten.
Da wir jedoch keine Veranlassung sehen, zu zweit einen
Van für acht Personen zu benutzen, lehnen wir dankend ab, nehmen unseren in Deutschland bestellten
und bereits bezahlten *Ford Focus* in Empfang und fah-

ren direkt ins etwa drei Meilen entfernte *Crown Plaza Hotel*.

Im Restaurant vertilgt Eric nach dem Einchecken genussvoll ein *New York Steak* mit Bratkartoffeln, während ich, um meinen immer noch etwas gereizten Magen zu schonen, mich mit zwei Scheiben trockenem Brot begnüge. Das Brot hat hier zwar die Konsistenz von in Wasser getauchtem Toast, aber der Hunger ist wesentlich stärker als meine Geschmacksnerven. Und wer das Essen im Flugzeug überlebt, der ekelt sich so schnell vor nichts mehr.

Am nächsten Morgen fahren wir, direkt nach dem Frühstück, unser erstes Ziel an: die *Universal Studios* in *Hollywood*.

Es ist schon beeindruckend und desillusionierend zugleich, all die weltbekannten Kulissen aus unzähligen Serien und Filmen bei einer Studiorundfahrt aus nächster Nähe zu erleben und sehen zu müssen, dass diese oft nur aus etwa zwanzig Zentimeter dicken Holzbrettern bestehen und auf der Rückseite von Pfeilern gestützt werden. Dennoch oder gerade deshalb ist es total interessant, dies einmal *live* mit eigenen Augen zu betrachten. Das Highlight für mich, abgesehen von den vielen tollen Shows, die man sich auf keinen Fall entgehen lassen darf, ist die Tatsache, dass in der Nähe des Ausgangs der original *DeLorean* aus den *Zurück in die Zukunft*-Filmen steht. Natürlich muss Eric mich davor fotografieren, schließlich bin ich weltweit der größte Fan dieser Filme. Ohne dieses Bild würde ich das Gelände ohnehin nicht verlassen. Niemals! Im Gegenzug halte ich mit der Kamera fest, wie mein kleiner Bruder mit seiner schwuchtelmäßig aussehenden Sonnenbrille auf der *Harley* aus *Terminator 2* posiert. Unglaublich, wie schnell die Zeit vergeht, wenn man so viele verschiedene Eindrücke verarbeiten muss, und so endet unser Besuch leider viel zu früh.

Auf dem Weg zurück in unser Hotel halten wir an einem *Diner*, um uns das typisch amerikanische Fastfood einzuverleiben. Ich verstehe ja, dass im warmen Kalifornien in jedem Gebäude eine Klimaanlage installiert ist, warum diese jedoch die Raumtemperatur auf gefühlte fünf Grad Celsius herunterkühlen muss, bleibt mir ein Rätsel.

So sitzen wir am Tisch, essen lauwarme Hamburger mit Pommes, und damit wir nicht verdursten, schwimmen in unseren bis zum Rand mit Eiswürfeln gefüllten Gläsern ein paar Tropfen Cola.

Ich bedauere sehr, meine Daunenjacke nicht eingepackt zu haben. Aber wer kann schon wissen, dass man im sommerlichen Kalifornien gerne Gebrauch davon machen möchte?

Heute nehmen wir an einer Sightseeing-Tour durch Los Angeles teil. Staunend stehen wir vor dem Hotel, das durch den Hollywood-Streifen *Pretty Woman,* mit Richard Gere und Julia Roberts in den Hauptrollen, berühmt geworden ist. Anschließend schlendern wir über den bekannten *Walk of Fame* und begutachten die Fuß- und Handabdrücke vor dem *Kodak-Theater,* in dem jedes Jahr die Oscar-Verleihung stattfindet. Unglaublich, wie groß die Hände von Arnold Schwarzenegger sind. Dagegen wirken meine fast wie die eines Kleinkindes. Wie es sich für neugierige Touris gehört, filmen und fotografieren wir alles. Natürlich darf auch der weltberühmte *Hollywood*-Schriftzug nicht fehlen. Schließlich ist dieser *das* Wahrzeichen der Stadt.

Zum Abschluss unseres Aufenthalts in Los Angeles fahren wir mit unserem Mietwagen am Nachmittag nach Venice Beach; nicht etwa, um im Pazifik zu baden, sondern um in den in Strandnähe befindlichen Geschäften zu shoppen und den besonderen *American Way of Life* dort zu erleben.

Den Amerikanern eilt allgemein der Ruf voraus, etwas anders zu sein, hier jedoch scheint sich das Paradies für Verrückte zu befinden. Kein Wunder also, dass Eric und ich uns hier besonders heimisch fühlen!

Wir setzen uns auf eine der zahlreich aufgestellten Bänke, lassen uns von der kalifornischen Sonne verwöhnen und beobachten fasziniert das wilde Treiben.

Binnen weniger Minuten kommt an uns alles vorbei, was man sich vorstellen oder was man sich so gar nicht vorstellen kann – oder will. Hier scheint den Leuten wirklich überhaupt nichts peinlich zu sein. Nie zuvor habe ich eine schätzungsweise achtzigjährige Oma auf einem Skateboard erlebt, die mir beim Vorbeifahren zugezwinkert hätte. Aber auch diejenigen, die am Wegesrand ihr Können unter Beweis stellen, sind mehr als interessant zu beobachten. So bekommt man beim Flanieren Feuerschlucker, Jongleure, Seiltänzer, Sänger und diverse Musiker mit ihren Instrumenten zu Gesicht, die allesamt Dieter Bohlen bei *Das Supertalent* vor Begeisterung die Sprache verschlagen würden.

»Tommy, schau doch mal da! Den habe ich sogar schon im Fernsehen gesehen. Dieser Typ ist eine richtige Institution hier am Strand.«

Ein ganz in Weiß gekleideter Afroamerikaner mit einer Art Turban auf dem Kopf, einer E-Gitarre, Verstärker und Lautsprechern um den Hals fährt mit Rollschuhen an den Füßen langsam auf uns zu.

»Du, mach doch mal ein Foto und gib ihm einen Dollar!«

»Warum soll ich dem denn Geld geben?«

»Weil der davon lebt! Die meisten hier haben kein festes Einkommen und sind auf Spenden angewiesen. Der spielt auf seiner Gitarre und erbettelt sich so seinen Lebensunterhalt. Genau wie all die anderen, die hier versuchen, die Menschen mit ihrem Können zu unterhalten.«

Um keinen Streit zu provozieren und weil dieser Kerl wirklich ein Virtuose auf seiner Gitarre ist, schieße ich ein Erinnerungsfoto und überreiche dem sympathisch wirkenden Mann ein wenig Geld.

Aber auch nach den Basketballspielern, die direkt am Strand auf Korbjagd gehen, würde sich so mancher Bundesligaverein die Finger lecken.

Am meisten faszinieren mich jedoch die Figuren der einheimischen Frauen. In den insgesamt drei Stunden, die wir uns in Venice Beach aufhalten, sehe ich, abgesehen von ein paar Touristinnen, nicht eine Frau mit Übergewicht.

Die fetten Touristinnen trifft aber bestimmt keine Schuld an ihrem Aussehen. Bestimmt haben sie von Natur aus schwere Knochen oder einen Gendefekt, der sie, ohne etwas zu essen, zunehmen lässt.

Allerdings bekomme ich, von wenigen Ausnahmen einmal abgesehen, auch keine Frau mit echten Brüsten zu Gesicht und nur selten eine mit nicht aufgespritzten Lippen.

Kein Wunder, nennt man Kalifornien doch das Eldorado der plastischen Chirurgie.

Ich kann mir nicht helfen, aber wenn ich jemandem mit diesen unnatürlich wirkenden Schlauchbooten im Gesicht sehe, muss ich unwillkürlich an einen Boxer denken, der im Ring zu viel einstecken musste. Ich frage mich, was eine halbwegs intelligente Frau dazu bewegt, sich so entstellen zu lassen und dafür noch Unsummen an Geld auszugeben? Das kann sie billiger bekommen.

Ich habe nämlich eine geniale Geschäftsidee.

Ich eröffne direkt in Beverly Hills einen Laden, in dem ich der Hautevolee regelmäßig die Fresse poliere. Das geht fix und kann preisgünstiger angeboten werden als bei einem dieser Spezialisten. Wenn ich dann noch mit einem dort ansässigen Zahnarzt zusammenarbeiten könnte, stünde einem rasanten Unternehmenserfolg praktisch nichts mehr im Wege. Ich schlage den feinen Damen die Zähne ein und werde prozentual am Umsatz beteiligt. Genial!

Mein Bruder hält erwartungsgemäß nichts von meiner Idee. Er ist und bleibt eben ein alter Spießer. Um Erfolg zu haben, muss man einfach mal neue Wege beschreiten. Ich glaube nämlich, dass ich der Einzige wäre, der so eine Dienstleistung anböte. Das wäre fast wie eine Lizenz zum Gelddrucken. Und solange die Frauen freiwillig kommen …

Das nächste Ziel unserer kleinen Rundreise führt uns nach Las Vegas.

Je weiter wir uns von Los Angeles entfernen, desto mehr verändert sich die Vegetation um uns herum. Haben wir zu Beginn noch grüne Wiesen, Bäume und Sträucher gesehen, so ziehen, je näher wir der Wüste von Nevada kommen, mehr und mehr vertrocknete Büsche an uns vorbei.

Unterwegs machen wir, wie uns Onkel Deti geraten hat, in Calico halt, das ja schließlich auf unserer Route liegt.

»Das müsst ihr euch unbedingt anschauen! Ist absolut sehenswert!«, hat er uns vorgeschwärmt. »Das kann man überhaupt nicht verfehlen. Von weitem schon kann man das große C für Calico erkennen, das man oben auf den Hügel gemalt hat.«

Bei Calico handelt es sich, wie der Beiname *Ghost Town* verrät, um eine sogenannte Geisterstadt. Und Onkel Deti hat nicht zu viel versprochen.

Schon beim Betreten von Calico fühlt man sich in den Wilden Westen zurückversetzt. Hier wurde im neunzehnten Jahrhundert Silber in Minen abgebaut. Als das Silber zur Neige ging, haben die Bewohner die Stadt praktisch über Nacht verlassen. Einige clevere Geschäftsleute haben Calico restauriert und für das zahlende Publikum zugänglich gemacht. Heute sieht es hier aus, wie man sich eine Kulisse aus einem echten Western vorstellt. Selbst der Saloon mit seiner typischen Schwenktüre ist bis auf das kleinste Detail renoviert und an einen Wirt verpachtet. In einem der zahlreichen *Gift-Shops*, die sich in alten Hütten befinden, arbeitet sogar eine

Dame, deren Mann vor einigen Jahren im *Benjamin-Franklin-Village* in Mannheim-Käfertal stationiert war. Stolz beweist sie uns, dass sie auch heute noch recht gut Deutsch spricht.

Selbst den zugegeben etwas seltsamen Mannheimer Dialekt hat sie noch druff, ääh … drauf. Wie klein die Welt doch ist!

Am meisten fasziniert mich allerdings die Schule, die sonntags zur Kirche umfunktioniert wurde. Uralte Stühle und Bänke stehen dort in Reih und Glied, und selbst die Tafel scheint noch aus jener Zeit zu stammen.

Nach einem kleinen Imbiss verlassen wir die kleine Westernstadt und setzen unsere Fahrt in Richtung Las Vegas fort.

Schon aus vielen Kilometern Entfernung sind die riesigen Hotels am *Strip* zu erkennen. Wie eine Fata Morgana taucht diese unwirklich anmutende Stadt, die Spielermetropole mitten in der Wüste, vor einem auf.

»*Viva Las Vegas … Viva Las Vegas …*«

Jetzt fängt der auch noch an zu singen!

»Halt bloß deine Klappe, Eric! Dein Gejohle ist ja nicht zum Aushalten. Konzentrier dich lieber aufs Fahren!

»Was ist denn mit dir los? Du bist vielleicht empfindlich!«

»Ich bin nicht empfindlich. Aber von deinem Gekrächze bekommt man ja Hirnsausen.«

»Lass mich doch! Ich freu mich halt.«

»Das ist noch lange kein Grund, mich zu foltern, oder? Freu dich doch einfach leise. – Pass auf, du musst auf die rechte Spur. Schließlich müssen wir den Wagen noch in einem einigermaßen guten Zustand abgeben.«

»Weiß ich selbst. Mein Gott, bist du gereizt!«

Ich verzichte auf jeglichen Kommentar, denn der Blick auf Las Vegas ist einfach atemberaubend. Unfassbar, was hier auf dem heißen Wüstensand alles gebaut wurde und gerade noch gebaut wird.

»Das ist zurzeit die am zweitschnellsten wachsende Stadt der Welt, gleich hinter Dubai«, weiß der Klugscheißer neben mir zu berichten.

Nachdem wir das Auto bei *Alamo* abgegeben haben, lassen wir uns mit dem Taxi in unser Hotel chauffieren. Während unseres Aufenthalts in der wohl glamourösesten Stadt dieses Planeten residieren wir im *Excalibur*.

Dieses Hotel soll eine Art Märchenschloss darstellen und befindet sich direkt neben dem *Luxor*, dessen Pyramidenform an das alte Ägypten erinnert.

Seine verschiedenartigen Türmchen mit ihren bunt gedeckten Dächern und der offensichtlichen Liebe zum Detail lassen unweigerlich den Eindruck entstehen, als hausten Elfen, Feen, Hexen und Zauberer darin. Also genau das Richtige für meinen Bruder Eric, der mir auf der Fahrt heute eindrucksvoll unter Beweis gestellt hat, dass er Luft so verzaubern kann, dass sie plötzlich anfängt zu stinken. Und dann wundert der sich auch noch, wenn man etwas gereizt ist. Das Schlimme an Erics Zaubertrick ist dabei nicht so sehr der Gestank, als vielmehr das starke Brennen in den Augen, das pelzige Gefühl auf der Zunge bis hin zum Würgereiz, der einem unweigerlich überkommt.

Schon beim Betreten des Hotels fallen dem Betrachter die vielen Ritterrüstungen und die mit Drachen verzierten Wände auf. Gleichzeitig hört man das unromantische Klimpern der Spielautomaten, die im gesamten Komplex verteilt sind. Dieser Geräuschpegel im Casino ist ungeachtet der Faszination, die das Hotel ausstrahlt, jedoch sehr gewöhnungsbedürftig. So verhält es sich in Las Vegas allerdings in jedem Hotel, das wir besuchen.

Unsere Unterkunft ist für unsere Bedürfnisse recht großzügig bemessen. Der Boden und die Wände des Badezimmers sind komplett mit Marmor gefliest. In der Nähe des überdimensionalen Spiegels hängt ein Föhn, und direkt neben der Toilette steht ein kleines Tischchen, auf dem sich ein Telefon und ein Notizblock befinden.

Na ja, das ist ja wohl auch das Mindeste, was man für sechsunddreißig Dollar pro Nacht erwarten kann!

»Wollen wir nicht erst einmal etwas essen gehen, bevor wir unsere Koffer auspacken?«

Da hat Eric ausnahmsweise einmal eine gute Idee. Neben dem Fernseher liegt ein Prospekt des Hotels. Darin wird wohl zu finden sein, wo man hier im Gebäude etwas zu essen bekommt. Als Eric die schwarze Mappe aufschlägt, staunt er nicht schlecht. Auf den unterschiedlichen Etagen haben wir nicht weniger als sechs verschiedene Möglichkeiten, uns zu laben.

Zur Auswahl stehen *The Steakhouse*, das *Sherwood Forest Cafe*, das *Regale Ristorante Italiano*, *Dick's Last Resort*, das *Roundtable Buffet* und ein Restaurant mit dem Namen *Village Food Court*.

Wir entscheiden uns für das *Roundtable Buffet*. *All you can eat* für siebzehn Dollar neunundneunzig; und wir können viel *eaten*.

Am Büffet findet man alles, was das Herz und ein

hungriger Magen begehren. Wie es sich für amerikanische Verhältnisse gehört, sind dort Mengen aufgebaut, die eine Kleinstadt in Deutschland mühelos ein paar Tage ernähren könnte. Es wird wirklich an nichts gespart. An der Salatbar hat man die Auswahl zwischen zwanzig verschiedenen Sorten von zum Teil bereits fertig angemachtem Grünzeug. Auch Suppen, Obst und Gemüse stehen tonnenweise als Vorspeise zur Verfügung. An der *Chinese Cuisine* bekommt man Sushi, Reis, Glasnudeln und viele andere asiatische Spezialitäten bis zur Kotzgrenze serviert.

Allein die Fleischtheke des *Roundtable Buffets* nimmt etwa zwanzig Meter Raum in Anspruch. In der Nähe des Ausgangs befindet sich zu guter Letzt noch das Nachtisch-Büffet mit seinen vielen bunten Torten und sonstigen Süßwaren, die mit ihrem hohen Zuckergehalt so manchem Besucher die Zähne zusammenkleben lassen.

Ich möchte nicht wissen, was da jeden Tag so alles übrig bleibt. Ich glaube, damit könnte meine Familie ein tolles Resteessen für die gesamte Bevölkerung des Stadtteils Mannheim-Gartenstadt veranstalten.

Es ist unmöglich, von allem etwas zu probieren. Dennoch bemühen wir uns, vom wirklich vorzüglich schmeckenden Angebot zu kosten, so viel wie unsere Mägen zum Aufnehmen bereit sind.

Mit dem Bauch einer im neunten Monat schwangeren Frau fallen wir müde und überfressen ins Bett.

Da die Eintrittspreise der Shows in Las Vegas recht teuer sind und es sehr schwierig ist, kurzfristig Karten zu bekommen, beschließen wir, in den folgenden zwei

Tagen uns die Themenhotels am *Strip* anzuschauen. Und was wir dort zu sehen bekommen, übertrifft unsere kühnsten Erwartungen.

Zunächst schauen wir uns im *New York, New York* um. Dieses besteht aus mehreren Gebäuden und stellt mit seinem Aussehen die berühmte Skyline am Hudson River nach. Vor allem die Achterbahn, die sich vor dem Hotel schlängelt, sucht ihresgleichen. Natürlich darf auch die bekannte Brooklyn Bridge bei diesem Komplex nicht fehlen, und die Freiheitsstatue rundet das Gesamtkunstwerk ab.

Das Innere des *New York, New York* erfüllt erwartungsgemäß alle für Amerika typischen Klischees. Alles ist riesig, bunt und vor allen Dingen kitschig. In Deutschland wäre es unvorstellbar, für solch ein Projekt eine Baugenehmigung zu erhalten. In den Vereinigten Staaten und besonders in Las Vegas scheint jedoch alles möglich zu sein; ein Paradies für Architekten und Statiker.

Unser nächstes Ziel ist das *Bellagio*, welches weltweit durch den Hollywood-Streifen *Ocean's Eleven* mit Brad Pitt und George Clooney in den Hauptrollen bekannt wurde.

Hier haben die Macher ein fast unmögliches Projekt verwirklicht. Vor dem *Bellagio* wurde ein kleiner See angelegt, in dem sich mehr als eintausend Brunnen befinden, die für Wasserspiele mit über dreißig Meter hohen Fontänen sorgen. Diese Wassershow wird von lauter Musik untermalt, die dem Gesamten einen noch spektakuläreren Charakter verleiht. Ein wirklich optischer und akustischer Leckerbissen, der sich dem Besucher dort bietet.

Ein ebenso sehenswertes Schauspiel bekommen wir vor

dem *Treasure Island* geboten. Hier findet gegen Abend jede Stunde eine Show der Superlative statt, in der ein richtiges Piratenschiff vollständig im Wasser versinkt. Bei diesem großartigen Anblick kann man nur allzu leicht vergessen, dass man sich eigentlich in der Wüste von Nevada befindet.

Inzwischen ist es Abend geworden, und so langsam bricht die Dämmerung über die Stadt herein. Lämpchen für Lämpchen beginnt die Spielermetropole mit der spektakulärsten Beleuchtung zu blinken und zu funkeln. Dieses Erlebnis ist nicht in Worte zu fassen. Das muss man einfach selbst erlebt haben.

Auf unserem Rückweg machen wir noch vor dem *Mirage* halt. Dort wird nach Sonnenuntergang, in etwa zwanzigminütigen Abständen, ein Vulkanausbruch mit großem technischen Aufwand simuliert. Für einen Hobbyfotografen wie mich ist es allerdings fast unmöglich, ein Foto davon zu schießen, geschweige denn einigermaßen wackelfrei zu filmen.

Niemals zuvor habe ich nämlich so viele Asiaten auf einem Fleck gesehen, die sich ohne Rücksicht auf Verluste und mit vollem Körpereinsatz einen einigermaßen passablen Platz zu sichern versuchen. So muss man sich wohl morgens während der *Rushhour* in der Tokioter U-Bahn fühlen. Ein Glück, dass ich nicht unter Klaustrophobie leide, sonst müsste ich jetzt um mich schlagen.

»Komm, lass uns mal reingehen.«

»Nein, Eric, mir tun so langsam, aber sicher die Füße weh. Wir sind schließlich schon den ganzen Tag auf den Beinen.«

»Ja, ich weiß. An der Rezeption soll aber ein riesiges Aquarium mit tollen exotischen Fischen stehen, habe ich gelesen. Außerdem kann man die weißen Tiger von Siegfried & Roy besichtigen, die hier jahrelang ihre eigene Show gehabt haben, und …«

»O. k., überredet! Du hast gewonnen. Aber nur ganz kurz. Ich bin nämlich am Ende.«

»Versprochen, du Memme!«

Und so besichtigen wir das vierte Hotel an diesem Tag. Das hört sich nicht besonders viel an. Bei den Dimensionen, die man hier vorfindet, legt man dabei aber mindestens die Strecke eines Marathonlaufes zurück. Nicht nur diese Distanz, sondern vor allem die extrem hohen Außentemperaturen von weit über vierzig Grad im Schatten machen einem dabei zu schaffen.

Trotzdem bin ich jetzt froh, von meinem Bruder überredet worden zu sein. Der Anblick des über achtzigtausend Liter fassenden Salzwasseraquariums verschlägt mir die Sprache. Darin schwimmt so ziemlich alles, was in den Weltmeeren beheimatet ist. Ein *Best-of*-Aquarium sozusagen. Niemals hätte ich gedacht, dass es so viele verschiedenfarbige Fische auf dieser Erde gibt. Vom hellen Gelb über Rot bis hin zu leuchtendem Blau ist alles vertreten. Natürlich dürfen bei all dieser Farbenpracht auch Seepferdchen, Haie und Seesterne nicht fehlen. Rund eine halbe Stunde stehen wir gebannt davor. Irgendwie hat dieses Ding nicht nur eine beruhigende Wirkung, sondern auch eine analgetische. Wie sonst ist es zu erklären, dass ich schon nach wenigen Minuten meine schmerzenden Füße vergesse? Ich könnte noch stundenlang diesen Meeresbewohnern zuschauen, aber irgendwann müssen wir uns, wohl oder übel, davon loseisen.

Da es mittlerweile schon recht spät geworden ist, verzichten wir darauf, uns im *Secret Garden* die Tiger anzusehen. Doch zum Glück gibt es am Ausgang des *Mirage* ein kleines, mit Glas umgebenes Gehege, und so können wir schließlich doch noch einen kurzen Blick auf zumindest einen dieser weißen Tiger erhaschen.

Langsam und majestätisch schreitet das Tier an uns vorbei und beginnt just in dem Augenblick, als ich es auf meiner Filmkamera festhalten will, zu urinieren. Tolles Timing! Vielen Dank auch! Obwohl, wer kann schon von sich behaupten, einen von Siegfrieds & Roys Tigern beim Pinkeln gefilmt zu haben? Eine echte Rarität!

Im Bett schauen wir noch ein wenig fern. Bei den amerikanischen Talkshows geht es noch schlimmer zu als bei uns ins Deutschland. Ungläubig sehen wir eine Frau, deren Äußeres einem Pottwal ähnelt. Warum muss ich jetzt gerade an Christian denken? Na egal, auf jeden Fall beichtet dieser Pottwal einer anderen Seekuh eine Liaison mit deren Ehemann. Den darauf folgenden Dialog zu verfolgen ist aber unmöglich. Jedes zweite Wort wird weggepiept. Nur an den Gesichtsausdrücken der beiden ist zu erkennen, dass hier mit Ausdrücken um sich geworfen wird, die selbst für das späte Abendprogramm noch zu heftig sind. Als schließlich noch die Fäuste fliegen, schreiten zwei Security-Mitarbeiter ein, um ein Blutvergießen zu verhindern. Das nenne ich emotionales Reality-Fernsehen auf höchstem Niveau. Leider bekomme ich das Ende nicht mehr mit. Von der

Müdigkeit besiegt, schlafe ich ein und träume von langen Fußmärschen, hässlichen, fetten Meeressäugern und von pissenden Tigern.

Die Hotels, die wir am nächsten Tag besichtigen, sind nicht minder interessant und übertreffen sich gegenseitig mit Attraktionen. Das *Wynn* besticht durch seinen Golfplatz, bei dessen Rasen selbst die *Greenkeeper* in Wimbledon neidisch würden. Nicht umsonst ist dieses Hotel das teuerste in ganz Las Vegas. Hier muss man für eine Übernachtung im günstigsten Zimmer, je nach Wochentag und Jahreszeit, zwischen dreihundert und fünfhundert Dollar berappen.

Da in Las Vegas nicht gekleckert, sondern geklotzt wird, befindet sich im Erdgeschoss die größte Ferrari-Vertretung Amerikas. Zwischen den für Normalbürger unerschwinglichen Luxuskarossen tummeln sich jede Menge Herrschaften, deren dekadentes Verhalten mir fast das Frühstück hochkommen lässt.

Meine Übelkeit legt sich jedoch recht schnell, als wir das *Venetian* betreten. Dort schlängelt sich doch tatsächlich ein nachgebauter Canale Grande durch das Gebäude, auf dem die für Venedig typischen Gondeln fahren. Und da wir uns hier nicht in einer x-beliebigen Stadt, sondern in Las Vegas befinden, werden diese nicht von gewöhnlichen Gondolieri gesteuert. Alle haben eine klassische Gesangsausbildung genossen und schmettern während der Fahrt den zahlenden Gästen eine Arie nach der anderen um die Ohren. Das trifft zwar nicht genau meinen Musikgeschmack, ist aber beeindruckend und immer noch besser als die Sprechgesänge, von denen ich zu Hause im Bett von den vorbeifahrenden Autos zugedröhnt werde.

Am Ende der Wasserstraße ist es dann nicht mehr weit bis zum fast originalgetreuen Nachbau des Markusplatzes. Es fehlen zur perfekten Illusion nur noch ein paar Tauben, die alles zuscheißen, und man könnte glatt vergessen, nicht in Italien zu weilen.

Natürlich findet man, wie in allen anderen Hotels, auch hier zahlreiche Schmuck- und Designerläden. In diese wagt sich erwartungsgemäß auch nur die Klientel, die sich von mir in die Fresse hauen lassen würde, um etwas dickere Lippen zu bekommen.

Weil das alles noch nicht verrückt genug zu sein scheint, sind im *Venetian* noch *Madame Tussauds* Wachsfigurenkabinett sowie zwei Museen untergebracht.

Als wir das »Paris« erreichen, sind wir schon ziemlich übersättigt von den vielen Eindrücken. Wir lassen den Eiffelturm und den Triumphbogen hinter uns und marschieren schnurstracks auf das nächste *McDonald's* zu, um unseren Flüssigkeitshaushalt zu regulieren.

»Ist ja nicht zum Aushalten, bei diesen Temperaturen.«

»Was hast du denn gedacht, Tommy? Hast du vielleicht mitten in der Wüste im Hochsommer Schnee erwartet, oder was?«

»Natürlich nicht, du Schwätzer! Aber eine so extrem trockene und heiße Luft habe ich noch nie erlebt.«

Eric und ich bestellen uns je eine *Diet Coke* ohne Eis. Schließlich bin ich ja Mitglied in einem Fitnessclub, und meinem Bruder kann es auch nicht schaden, etwas auf seine Figur zu achten.

Wäre mir bewusst gewesen, dass die exorbitant riesigen Dimensionen selbst vor einer Fastfood-Kette nicht haltmachen, ich hätte mein Getränk nicht mit den Worten »But the largest one you've got« bestellt.

Als ich einen Pappbecher mit zwei Litern dunkler, koffeinhaltiger Brause überreicht bekomme, frage ich mich, wie um Himmels willen jemand so eine Menge auf einmal trinken kann. Oder ist das Getränk etwa für eine vierköpfige Familie gedacht? Wie dem auch sei, es gelingt mir erstaunlicherweise, die gesamte Flüssigkeit auf dem Weg zurück ins *Excalibur* meinem dehydrierten Körper zuzuführen.

Beim Abendessen fällt mir auf, dass wir aufgrund der ganzen Besichtigungen noch überhaupt nicht gezockt haben. Nicht einen einzigen Cent haben wir in eine der zigtausend *Slot Machines* eingeworfen. Das wird uns in Mannheim wohl niemand so recht glauben.

Trotz der Strapazen, der nie enden wollenden Fußmärsche in dieser Saunalandschaft muss ich mir dennoch eingestehen, dass sich der Abstecher hierher mehr als gelohnt hat. Man müsste schon eine kleine Weltreise buchen, um das alles erleben zu können. Wo sonst auf dieser Welt ist es möglich, innerhalb weniger Minuten von New York nach Paris zu wandern? Oder von Venedig ins antike Rom?

Und außerdem habe ich eine sensationelle Entdeckung gemacht: Elvis ist gar nicht tot! Er lebt hier in Las Vegas! Ich habe ihn dreimal mit eigenen Augen gesehen. Er sah zwar immer etwas anders aus, aber ich bin mir sicher, er war es. Und eines habe ich mir geschworen: Sollte ich tatsächlich einmal den Hafen der Ehe ansteuern, dann in Las Vegas.

Wie viele Gutbetuchte lassen sich bei besonderen Anlässen von Stars wie Elton John, Shakira oder Robbie Williams unterhalten? Meine Angetraute bekäme etwas ganz Einzigartiges geboten. Ein Ständchen vom King of Rock 'n' Roll persönlich. Da werde ich mich nicht lumpen lassen!

Die Landung in Salt Lake City ist nicht gerade wie aus dem Bilderbuch. Das kann man wohl auch von einem kleinen Flugzeug, das höchstens fünfzig Menschen Platz bietet, nicht anders erwarten. Schon der Start war furchteinflößend, und selbst während des Fluges ist die Maschine nur ein Spielball der Winde gewesen. Wenn es der Magen zulässt, wird man allerdings beim Landeanflug durch den Anblick der riesigen Salzseen für die Turbulenzen entschädigt. Trotz alledem ist es beruhigend, wieder festen Boden unter seinen Füßen zu wissen.

Wir haben Glück, am Schalter der Autovermietung ist sehr wenig los, und so können wir pünktlich nach Malad aufbrechen.

Das Kaff ist wirklich nicht schwer zu finden – nur immer dem *Highway 15 North* folgen, und nach etwa eineinhalb Stunden sind schon die Ausfahrt und das *Burger King*-Schild zu erkennen. Auf dem Parkplatz werden wir bereits von Onkel Deti erwartet.

»Hallo, ihr beiden! Willkommen in meiner neuen Heimat. War nicht schwer zu finden, oder?«

»Hallo, Onkel Deti! Nein, überhaupt nicht. War sogar

noch leichter, als wir dachten. Wenn sogar Tommy es findet!«

Idiot!

»Ihr müsst zugeben, das Autofahren in den USA ist viel angenehmer. Trotz der größeren Strecken kommt man recht entspannt ans Ziel. Hier wird in der Regel weder gedrängelt noch gerast.«

Da hat er recht. Selbst in einer Millionenstadt wie Los Angeles habe ich keinen rücksichtslosen Fahrer erlebt. Und wir haben dort viel Zeit im Auto verbracht. Da ist es in Deutschland in jedem Kuhdorf gefährlicher auf den Straßen.

Beim Essen berichten wir von unseren Erlebnissen während unserer bisherigen Rundreise und von den unvorstellbaren Dimensionen, die man hier in vielerlei Hinsicht zu sehen bekommt.

Einige *Double Whopper* später fahren wir nach Lava Hot Springs, wo mir Onkel Deti das Grundstück, das er mir am Geburtstag meines Vaters zum Kauf angeboten hat, zeigt. Lava Hot Springs ist ein idyllisch gelegenes Städtchen mit nur fünfhundertvierundzwanzig Einwohnern. Den Namen hat es von den heißen Quellen, die hier, mit Mineralien angereichert, an die Oberfläche treten. Gegen einen geringen Eintrittspreis darf man darin sogar baden. Dies soll der Entspannung dienen und ist darüber hinaus hilfreich gegen allerlei Hautkrankheiten.

»Gerade an Wochenenden kommen viele Menschen aus dem Umkreis von über einhundert Meilen hierher«, werden wir aufgeklärt.

Das Grundstück meiner Begierde liegt etwa auf halber Höhe eines kleinen Berges namens Thunder Mountain. Zunächst fahren wir circa eine Viertelstunde auf einem Schotterweg bergauf, ehe wir unser Ziel erreichen.

»Stopp! Anhalten! Schaut mal nach links. Das ist es. Was haltet ihr davon? Diese Lage ist einzigartig. Im Hintergrund grenzt das Grundstück an einen unter Naturschutz stehenden Staatswald, auf dem niemals etwas gebaut werden darf. So hat man auch in Zukunft die Garantie, ruhig zu wohnen. Und nach vorne hat man einen wunderschönen Ausblick auf die unberührte Natur des Wilden Westens.«

»Darf darauf überhaupt so einfach gebaut werden?«, will ich wissen.

»Natürlich, es handelt sich hierbei um über elftausend Quadratmeter Bauland. Zwar muss man ein Bauvorhaben, wie in Deutschland auch, vorher genehmigen lassen, aber das dauert in der Regel höchstens vierzehn Tage. Ich habe mein erstes Haus auf Millimeterpapier in Deutschland selbst gezeichnet und per Fax verschickt. Nach zehn Tagen bekam ich die Baugenehmigung erteilt. Der Bau wird dann noch besichtigt, und wenn mit der Statik alles o. k. ist, dann war's das.«

»Und für neuntausend Dollar würde es mir gehören?«

»Wenn du es wirklich haben möchtest, verkaufe ich es dir für, sagen wir, achttausendfünfhundert Dollar. Schließlich bist du mein Neffe. Überleg es dir in Ruhe, schlaf noch mal eine Nacht drüber, und wenn es für dich in Frage kommt, vereinbaren wir einen Notartermin. Einverstanden?«

»Einverstanden.«

Ich bin so fasziniert von dem Gedanken, mitten in der Wildnis der USA ein eigenes Stück Land und noch dazu in solch einer tollen Lage zu besitzen, dass ich nicht länger überlegen muss.

»Ja, ich will es haben.«

»Bist du dir sicher?«, versucht Eric meine Euphorie zu bremsen.

»Absolut sicher!«

»Willst du nicht doch lieber eine Nacht darüber schlafen?«

»Nein, Onkel Deti.«

»Glaub mir, bei diesem Preis kannst du überhaupt keinen Fehler machen. In dieser Gegend sind die Grundstückspreise trotz der Krise relativ konstant geblieben. Ja, die Nachfrage steigt im Moment sogar, und das ist ein sicheres Zeichen, dass die Preise bald anziehen werden. Viele Menschen suchen nämlich jetzt ein günstiges Grundstück außerhalb der Stadt. Das ist deine Chance.«

Selten bin ich mir einer Sache so sicher gewesen wie jetzt. Ich muss es haben! Vielleicht ist es die Sehnsucht nach etwas Ruhe und Freiheit, die man in meinem Job vergeblich sucht; vielleicht aber auch die Neugier auf etwas völlig Neues. Wie dem auch sei, am nächsten Morgen sitzen wir im Büro von *Scott's Land and Title* in Malad City.

Hier unterzeichnet Onkel Deti eine sogenannte *Warranty Deed*. Dabei handelt es sich um eine Art Abtrittserklärung. Hierbei wird der Grund und Boden auf meinen

Namen überschrieben. Nachdem auch ich meine Unterschrift geleistet habe, machen wir uns auf den Weg zum *Court House* in Pocatello, der nächstgrößeren Stadt mit rund fünfzigtausend Einwohnern. Dort erfolgt abschließend der Grundbucheintrag.

Nach ungefähr zehn Minuten ist es dann so weit. Ich bekomme ein Schreiben ausgehändigt, das mich als Besitzer von sage und schreibe elftausendfünfhundert Quadratmeter Bauland in Idaho, Lava Hot Springs, ausweist.

Stolz und fast ungläubig lese ich die Besitzurkunde immer und immer wieder durch. Hier steht es schwarz auf weiß. Ich bin jetzt Großgrundbesitzer in den USA.

Mir gehört von nun an *Lot* Nummer sieben in *Block* vier. Geil! Und was noch viel geiler ist, die Gebühren für den Notar und den Grundbucheintrag betragen zusammen lächerliche drei Dollar. Dabei ist es auch völlig gleichgültig, für wie viel Geld das Objekt seinen Besitzer wechselt. Das Finanzielle interessiert hier niemanden, solange sich der Verkäufer und der Käufer untereinander einigen. Unglaublich: Was sich zu Hause drei bis vier Monate hinziehen würde, wird hier in ein paar Minuten geregelt.

Eine Grunderwerbssteuer gibt es in Amerika nicht. Dafür aber eine Grundsteuer, die wie in Deutschland einmal im Jahr fällig wird. Da ich noch ein paar Dollar in der Tasche habe, bezahle ich die Steuer für das nächste Jahr bereits im Voraus. Was erledigt ist, ist erledigt, und neunundsechzig Dollar und vier Cent sind für diese Größe ja nicht die Welt.

Zur Feier des Tages lade ich Eric und Onkel Deti zum Essen in ein asiatisches Restaurant ganz in der Nähe ein. Ich habe schon des Öfteren beim Chinesen gegessen, selten jedoch hat es mir derart gemundet. Mag sein, dass es an der guten Luft liegt oder an dem Gefühl, einen tollen Deal gemacht zu haben. Vielleicht hat der Koch auch einfach genau meine Geschmacksnerven getroffen. Auf jeden Fall bestelle ich mir ein zweites Mal Hühnchen süßsauer.

»Schmatz doch nicht so, Tommy! Man muss sich ja für dich schämen.«

»Lass ihn doch, Eric. Die Asiaten sind da nicht so empfindlich. Im Gegenteil, in China gebührt es der Anstand, beim Essen zu rülpsen und sogar zu furzen. Damit drückt man seine Zufriedenheit gegenüber dem Koch aus und zeigt auf diese Weise, dass es einem schmeckt.«

»Siehst du, da muss der Koch mein bisschen Geschmatze ja fast als Beleidigung auffassen. Wenn du willst, kann ich ihn auch inbrünstig loben.«

»Untersteh dich!«

»War doch nur Spaß, Bruderherz. Aber dass ausgerechnet du dich so aufregst, ist mehr als merkwürdig. Ich darf dich an unsere Autofahrt nach Las Vegas erinnern.«

»Bist du etwa nachtragend?«

»Nein, aber … «

»Jetzt fangt bloß nicht an zu streiten, Jungs!«

Nach dem leckeren Mahl bekommen wir den üblichen Pflaumenschnaps gereicht.

»Prost, Tommy! Prost, Eric!«

»Prost!«

»Prostata!«

»Übrigens, heute Nacht schlafen wir auf meiner Ranch in Malad, ehe wir morgen nach Island Park weiterfahren. Dort entsteht mein neues Projekt.«

Da bin ich aber einmal gespannt, was sich Onkel Deti dort aufgebaut hat. Bisher weiß ich nur, dass er Blockhäuser baut und diese dann wieder profitabel verkauft.

»Und Tommy, vergiss ja nicht, mir das Geld für das Grundstück zu überweisen, sobald du wieder in Mannheim bist.«

»Nein, vergesse ich nicht.«

»Na hoffentlich!«

Noch lange liege ich am Abend wach und schmiede Pläne, was ich wohl am besten mit *Lot* sieben in *Block* vier anfangen könnte. Soll ich es wirklich nur als Kapitalanlage betrachten, die man, wenn der Preis stimmt, irgendwann wieder abstößt? Oder wäre es etwa besser, ein kleines günstiges Häuschen darauf zu bauen und anschließend zu vermieten? So hätte ich ein zusätzliches Einkommen. Doch dann müsste man jemanden beauftragen, der regelmäßig nach dem Rechten sieht. Ich weiß es nicht. »Schaun mer mal«, wie Franz Beckenbauer als Teamchef immer zu sagen pflegte. Es wird sich schon etwas ergeben.

Als ich am Morgen erwache, ist mein Bruder bereits beim Frühstücken.

»Guten Morgen, du Langschläfer!«

»Morgen!«

»Na, hast du gut geschlafen?«

»Geht so. Wo ist Onkel Deti?«

»Der ist schnell zum Nachbarn gefahren. Wollte sich mal wieder sehen lassen, schließlich wohnt er im Moment in Island Park.«

Dabei muss man wissen, dass die Einwohnerzahl im Verhältnis zur Größe Idahos recht spärlich ausfällt; was zugegebenermaßen etwas untertrieben ist.

So kann es durchaus vorkommen, dass man minutenlang auf der Straße fährt, ohne einem Haus, geschweige denn einem Menschen zu begegnen.

Der direkte Nachbar hat sich in etwa zwei Meilen Entfernung niedergelassen. Aus diesem Grund befinden sich die Briefkästen nicht an den Häusern selbst, sondern meist am Rande der nächstgrößeren Straße. Die Anwohner sind dadurch gezwungen, ihre Post mit dem Auto abzuholen.

Als der Herr des Hauses wieder erscheint, haben wir bereits unsere Koffer gerichtet und sind fertig für die Abfahrt nach Island Park.

Island Park liegt ganz im Norden Idahos an der Grenze zu Wyoming und Montana. Die Einfahrt zum berühmten Yellowstone-Nationalpark befindet sich nur drei Meilen vom Haus unseres Onkels entfernt.

Da in den USA alles etwas größer ist als gewohnt, und da macht auch der Staat Idaho keine Ausnahme, beginnt es bereits zu dämmern, als wir in Island Park ankommen.


»Bringt euer Gepäck in die Garage. Ich mach uns derweil ein schönes Lagerfeuer.«

Zu unserer Überraschung steht die Garagentür offen. Selbst das Blockhaus, das bis auf den Innenausbau bereits fertiggestellt ist, ist unverschlossen.

»In dieser Gegend schließt niemand sein Haus ab. Hier wird nichts geklaut«, werden wir aufgeklärt.

Die Garage, die unsere Unterkunft für die nächsten zwei Nächte darstellt, ist der absolute Hammer. Nicht nur die Größe von sechzig Quadratmetern, sondern auch das abgetrennte kleine Bad mit Toilette und Waschbecken und das kleine Zimmer, in dem direkt neben einem Ofen ein Hochbett steht, sind für eine Garage, wie wir sie kennen, recht ungewöhnlich. Toll, was der Bruder unseres Vaters alles auf die Beine gestellt hat.

Am Abend sitzen wir noch lange am Feuer und lauschen interessiert und gespannt zugleich seinen Erzählungen, wie alles angefangen hat, und natürlich seinen Zukunftsplänen.

»Alle fünf Blockhäuser, die ich in Amerika gebaut habe, sind mit Rollläden ausgestattet. Das mag für uns zwar eine Selbstverständlichkeit sein, für die Leute hier war das zu Beginn allerdings eine kleine Sensation. Eines Tages war sogar die Presse hier und hat Bilder davon gemacht. So bin ich als *crazy german guy* sogar in die Zeitung gekommen. In dem Artikel wurde dann erklärt, wie praktisch die *Absolute Blinds* sind. Man kann sogar tagsüber im Dunkeln schlafen. Ist das nicht verrückt?«

»Total abgefahren!«

»Die Rollläden habe ich mir übrigens in einem Container aus Deutschland schicken lassen. Ich habe sogar schon einige verkauft. Ich kümmere mich um Nachschub aus Karlsruhe, und ein Bekannter baut sie den Leuten ein. Das ist mittlerweile ein recht lukratives Geschäft geworden.«

Verrückt! Da sind die Amis bereits vor über vierzig

Jahren auf den Mond geflogen, aber von stinknormalen Rollläden haben sie, zumindest in Idaho, anscheinend noch nichts gehört.

Aber eines muss man Onkel Deti neidlos zugestehen: Er verfügt über einen hervorragenden Geschäftssinn!

»Glaubt mir, in Amerika liegt das Geld buchstäblich noch auf der Straße. Man muss sich nur die Mühe machen, sich zu bücken. Natürlich bedarf es auch hier jeder Menge Arbeit und Schweiß. Dennoch ist vieles hier einfacher, weil einem nicht, wie im bürokratischen Deutschland üblich, so viele Steine in den Weg gelegt werden. Ich wette, Bill Gates wäre in Deutschland zum Hartz-IV-Empfänger geworden. Niemals hätte er damals die Genehmigung erhalten, die ersten Gehversuche mit seiner neu gegründeten Firma *Microsoft* in einer alten Garage zu unternehmen.«

Da könnte was dran sein!

»Ich habe jetzt ja beide Seiten kennengelernt, und ich muss sagen, dass in Amerika auch deutlich weniger Neid herrscht. Während dir daheim nur wenige deinen Erfolg gönnen, wirst du in Amerika dafür geschätzt und bewundert. Aber wie gesagt, auch im *Land der unbegrenzten Möglichkeiten* hat Gott vor den Erfolg den Schweiß gesetzt.«

Ich könnte den Ausführungen unseres Onkels noch stundenlang zuhören. Allerdings beginnt langsam, aber sicher die Müdigkeit Besitz von mir zu ergreifen.

Je mehr wir uns dem Yellowstone-Nationalpark nähern, desto mehr steigt mir ein Geruch, der dem von faulen Eiern sehr nahekommt, in meine empfindliche Nase.

»Hey, Eric, was stinkt denn hier so bestialisch? Hast du etwa vor, wieder ein Blaskonzert zu veranstalten, oder was?«

»Erzähl bloß keinen Scheiß! Sieh lieber mal aus dem Fenster, dann weißt du, warum es so unangenehm riecht! Und solltest du mir noch einmal so etwas unterstellen, lasse ich dich aussteigen, und du kannst zu Fuß gehen! Ist das klar?!«

In der Ferne sind einige Stellen zu erkennen, aus denen Dampf aus dem Boden austritt. Bei der ersten Haltemöglichkeit betrachten wir uns das Ganze aus unmittelbarer Nähe.

Für die Besucher wurden hier extra kleine Holzwege angelegt. Hinweisschilder warnen eindringlich davor, diese zu verlassen. Zu dünn und zerbrechlich sei die Erdoberfläche, und ein Einbrechen könne tödlich enden.

Überall blubbert heißes Wasser aus dem Boden. Der hohe Schwefelanteil, der dabei austritt, verursacht diesen schrecklichen Mief. Das Spektakel erinnert mich an einen auf dem Herd stehenden Topf, der Wasser zum Kochen bringt, um Nudeln darin zuzubereiten.

Neugierig auf weitere interessante Dinge, die uns noch erwarten werden, fahren wir weiter, und schon nach kurzer Zeit erreichen wir die nächste Sehenswürdigkeit.

»Schnell, Tommy, beeil dich. Gleich ist es so weit.«

Gerade noch rechtzeitig ergattern wir einen Platz auf den vor dem *Old Faithful Geysir* aufgestellten Bänken.

Der hat bestimmt noch auf uns zwei gewartet! Kaum sitzen wir, beginnt nämlich schon das Naturschauspiel. Eine riesige Fontäne aus kochend heißem Wasser schießt schätzungsweise dreißig Meter hoch in den Himmel.

Das Ganze dauert etwa fünf Minuten, dann ist der Spuk vorbei. Und das geschieht, wie wir erfahren, alle neunzig Minuten, und das schon seit Jahrtausenden! Man könne sogar die Uhr danach stellen. Da soll sich doch die *Deutsche Bahn* ein Beispiel dran nehmen! Die Züge müssten ja nicht gleich zigtausend Jahre lang pünktlich abfahren. Mir persönlich würde es genügen, wenn sie zumindest ab und zu ihren Fahrplan einhalten könnten. Aber das ist ein anderes Thema.

Schlau, wie wir sind, schließen wir uns unauffällig einer Gruppe an, deren Führer uns mit allerhand Wissenswertem über den Yellowstone-Nationalpark versorgt. Da es sich bei dieser Touristengruppe, wie nicht schwer zu erraten ist, um Italiener handelt, bemächtigt sich der Mann, den wir scherzhaft *Info-Man* nennen, eines recht einfachen englischen Vokabulars. Diese Tatsache kommt unserem inzwischen etwas eingerosteten Schulenglisch sehr entgegen.

So erfahren wir beispielsweise, dass sich direkt unter unseren Füßen der größte Vulkan Nordamerikas befindet. Laut *Info-Man* sei es keine Frage, ob, sondern wann dieser wieder ausbreche, und dieses Szenario sei wissenschaftlichen Studien zufolge bereits längst überfällig.

Toll, da macht man einen kleinen Ausflug und steht urplötzlich auf einem natürlichen Pulverfass. Irgendwie wird mir etwas mulmig zumute. Bei meinem Glück … aber so weit möchte ich gar nicht denken!

Als er über die Folgen eines solchen Ausbruchs berichtet, wirken auch die Gesichter der übrigen Gruppenmitglieder verängstigt. Bei einem Vulkanausbruch dieses

Ausmaßes müsste der Flugverkehr weltweit eingestellt werden, da sonst die Triebwerke verstopfen würden. Der Wind würde die Asche nämlich in mehreren Kilometern Höhe um den Erdball verteilen. Die Sonnenstrahlen besäßen wochenlang keinerlei Chance, sich einen Weg auf die Erdoberfläche zu bahnen, und somit fielen die Temperaturen auf dem gesamten Globus drastisch ab. Dadurch entstünden schwere Gewitter und schwere Stürme. Viele Bäume und Pflanzen müssten aufgrund des fehlenden Lichts sterben, und auch die Ernte könnte man vergessen, denn selbst im Sommer bestünde die Gefahr von Bodenfrost. Zu allem Überfluss ist selbst das Einatmen von Vulkanasche nicht zu überleben. Die Staubpartikel verklumpen in der Lunge und verhindern dadurch die Sauerstoffaufnahme, was unweigerlich zum Erstickungstod führt.

Die Staaten Idaho, Montana, Wyoming und Utah wären unter einer bis zu zehn Meter hohen Schicht aus Vulkanasche begraben.

Das reicht! Wir haben genug gehört. Langsam entfernen wir uns wieder von dieser Gruppe, bevor uns dieses bevorstehende Unglück am Ende noch Albträume beschert. Hoffentlich lässt dieses Naturschauspiel noch ein paar Jahrhunderte auf sich warten.

Gott sei Dank wohnen die Wagners ja in *good old Germany*, und dort sind die Überlebenschancen wohl ein wenig höher als in der unmittelbaren Umgebung des Yellowstone-Nationalparks.

Noch immer vom Schrecken gezeichnet, machen wir uns mit dem Auto auf den Weg zum *Norris Geysir*.

Obwohl dieser nur wenige Kilometer vom *Old Faith-*

*ful* entfernt liegt, brauchen wir für diese kurze Distanz mehr als eine Stunde. Einer Herde Bisons kommt es nämlich genau in dem Moment in den Sinn, die Straße zu überqueren, als wir beabsichtigen, langsam an ihnen vorbeizufahren. Tja, das ist eben Wildnis pur!

»Mensch, Eric, jetzt hup doch mal!«

»Nein!«

»Verdammt, du sollst hupen! Vielleicht erschrecken die Viecher und machen den Weg endlich frei.«

»Ja, oder sie erschrecken und werden aggressiv. Willst du dich etwa mit einer wild gewordenen Horde Bisons anlegen?«

Und so warten wir mehr oder weniger geduldig, bis die Tiere freiwillig die Straße räumen und im Wald verschwinden.

Je mehr wir uns dem *Norris Geysir* nähern, desto öfter muss Eric den Scheibenwischer betätigen. Obwohl die Sonne scheint, ist unsere Windschutzscheibe ständig verspritzt. Den Grund dieses Phänomens erfahren wir wenig später unmittelbar vor der Absperrung des Geysirs.

Mit lautem Grollen schießt weißer Dampf aus einer Art Höhle und verteilt so die feinen Partikel in einer Umgebung von mehreren hundert Metern. Dies geschieht unter einem derart großen Druck, dass man das Gefühl hat, der Boden unter den Füßen vibriere leicht.

Unglaublich, wie klein man sich in Anbetracht dieser Naturgewalt doch vorkommt. Ich glaube, jeder, der diesen *Norris Geysir* aus nächster Nähe erlebt, muss erkennen, wie wenig wir Menschen gegen diese Urkraft ausrichten können.

Als wir wieder am Haus von Onkel Deti ankommen, ist dieser gerade dabei, das Abendessen vorzubereiten.

»Na, Jungs, wie war euer kleiner Ausflug? Beeindruckend, nicht wahr?«

Noch immer unter dem Einfluss des gerade Gesehenen stehend, können wir ihm natürlich nur zustimmen.

»Ihr kommt gerade rechtzeitig. Das Essen ist gleich fertig.«

»Was gibt es denn?«, will ich wissen.

»Ich habe mir gedacht, wir essen an unserem letzten gemeinsamen Abend etwas typisch Amerikanisches.«

Etwas typisch Amerikanisches? Seit unserer Ankunft in Los Angeles essen wir nichts anderes. Ich hätte viel mehr Lust auf etwas typisch Deutsches. Was gäbe ich jetzt für ein echtes deutsches Bauernbrot mit leckerem Schwarzwälder Schinken. Allein der Gedanke daran lässt mir das Wasser im Mund zusammenlaufen. Doch da werde ich mich wohl oder übel noch zwei Tage gedulden müssen.

Die *Pancakes* mit diesem klebrigen Ahornsirup sind das Süßeste, was ich in meinem ganzen bisherigen Leben verspeist habe. Und ich habe schon sehr viel Süßes gegessen. Doch dieses Zeug lässt jede Bauchspeicheldrüse laut aufstöhnen, da sie mit der Produktion des benötigten Insulins völlig überfordert ist.

Onkel Deti gönnt diesem armen Organ jedoch keinerlei Pause, denn zum Nachtisch gibt es *Marshmallows*, die er uns, auf einem Stock aufgespießt, über dem Lagerfeuer zubereitet. Die Dinger schmecken zwar sehr lecker, haben aber einen entscheidenden Nachteil: Wenn man einmal angefangen hat, kann man einfach nicht mehr damit aufhören, bis die Tüte endlich leer ist.

Trotz oder gerade aufgrund dieses Essens entbehrt der Abend nicht einer gewissen Abenteuerromantik. Drei Männer im Wilden Westen am Lagerfeuer, Bier trinkend und jede Menge ungesundes Zeug in sich hineinstopfend. Einfach geil! Und an deutsches Brot muss ich an diesem Abend auch nicht mehr denken.

»Eine gute Reise, und grüßt mir die Heimat!«

»Machen wir!«

»Und fahrt langsam!«

»Keine Angst! Im Gegensatz zu Eric fahre ich immer langsam.«

»Schwätzer!«

»Und vergiss ja nicht, mir das Geld für das Grundstück zu überweisen!«

»Du kennst mich doch!«

»Eben!«

Schade, dass wir wieder nach Hause müssen! Ich hätte es, auch ohne deutsches Essen, noch länger aushalten können. Aber irgendwann neigt sich eben auch einmal der schönste Urlaub dem Ende entgegen. Zum letzten Mal genieße ich das gemütliche und ruhige Fahren auf den amerikanischen Highways und Interstates, ehe mich ab nächster Woche wieder die Hektik auf Deutschlands Straßen erwartet.

Auf unserer Rückfahrt nach Salt Lake City mache ich noch einen kleinen Abstecher nach Lava, um mich von meinem Grundstück zu verabschieden. Schließlich liegt es ja fast auf unserem Weg.

Dieser kleine Umweg stößt bei Eric auf großes Unverständnis, was mir allerdings völlig am Arsch vorbeigeht. Tschüss, mein Stück Land, und steige rasch im Wert!

Die letzte Nacht unserer vierzehntägigen Erlebnistour bricht an. Wir schlafen in einem kleinen schmuddeligen Hotel, ganz in der Nähe des Airports, ehe das Flugzeug am Morgen in Richtung Frankfurt am Main abhebt.

Ein kurzer Blick auf die Salzseen ist alles, was man aus dem Fenster noch erhaschen kann, dann verschwindet die Landschaft unter den vielen Wolken.

Rrrring! … Rrrring! … Scheiße, das Telefon! Wer wagt es, mich am frühen Samstagmorgen zu wecken? Rrrring! … Rrrring! … Rrrring! …

Ich beschließe, das Telefon einfach zu ignorieren. Irgendwann wird es schon aufhören zu läuten. Rrrring! … Rrrring! … Nun gib endlich auf! Ich nehme nicht ab! Ich bin noch todmüde und will noch etwas weiterschlafen. Rrrring! … Rrrring! … Rrrring! … Nein, nein, nein, ich nehme den Hörer nicht ab! Rrrring! … Rrrring! … Da versucht offensichtlich jemand, mich zu provozieren. Rrrring! … Rrrring! Leck mich am Arsch, ist das ein Idiot! Nach einer gefühlten Ewigkeit schleppe ich mich schließlich doch an den Apparat.

»Tommy, altes Haus! Wusste ich's doch, dass du wieder zu Hause bist. Erzähl mal, wie war denn dein Trip in die USA? Du hast doch etwa nicht noch …?!«

»Doch, Stefan, ich habe noch geschlafen. Wir sind ja erst gestern Abend gelandet. Sei mir nicht böse, aber ich bin noch müde und …«

»Der Jetlag, was …?«

»Nenn es, wie du willst, ich bin einfach nur müde und hau mich jetzt wieder aufs Ohr. Gute Nacht.«

»Kommt überhaupt nicht in Frage! Du musst versuchen, dich so schnell wie möglich wieder an die Uhrzeit hier anzupassen, ansonsten hast du noch tagelang diese Probleme.«

»Ich habe keine Probleme. Aber du, wenn du nicht gleich …«

»Weißt du was? Du brauchst Bewegung! Das bringt deinen Kreislauf wieder in Schwung. Ich bin in einer halben Stunde bei dir, und dann gehen wir ins Studio trainieren.«

Warum habe ich Hohlblock nur diesen verdammten Hörer abgenommen?

»Mach dich fertig und vergiss nicht, noch eine Kleinigkeit zu essen. Du weißt doch: Wenn man seinem Körper keine Nährstoffe zur Verfügung stellt, kann man auch keine Höchstleistungen vollbringen.«

»Halt die Klappe!«

»Also dann, bis gleich!«

Scheiße! Langsam wird mir bewusst, dass ich wohl keine Chance mehr habe, mich noch einmal schlafen zu legen. Ich muss mich wohl oder übel meinem Schicksal fügen. Stefan lässt mir jetzt sowieso keine Ruhe mehr, bis er seinen Dickschädel durchgesetzt hat. Aber zwei bis drei Minuten ausruhen muss ja wohl noch drin sein! Das habe ich mir verdient.

Doch kaum habe ich es mir wieder auf dem Bett bequem gemacht, kommt auch schon mein spezieller Freund mit seiner schrecklichen Rap-Musik, die er abermals in Konzertlautstärke hört, an meinem Schlafzimmerfenster vorbeigefahren. Hat sich denn die ganze Welt gegen mich verschworen? Ich sollte vielleicht doch einmal in einem Film mitspielen. Als dann auch noch das schrille Geräusch einer Kreissäge aus der Nachbarschaft ertönt, kapituliere ich endgültig. *Welcome home!* Das Chaos hat mich wieder.

»Hallo, Trainingspartner, schön, dich wiederzusehen.«

»Das kann ich von dir nicht behaupten.«

»Jetzt jammer nicht herum. Du wirst sehen, das Training wird dir guttun.«

»Na hoffentlich!«

»Weißt du eigentlich schon das Neueste?«

»Was ist denn das für eine bescheuerte Frage?! Ich komme gerade aus dem Urlaub. Wie zum Teufel soll ich wissen, was sich in der Zwischenzeit hier abgespielt hat?«

»Bist du etwa gereizt?«

»Wie kommst du denn darauf? Nur weil mich jemand aus dem Tiefschlaf gerissen hat, ich noch hundemüde bin und nun zu allem Überfluss ins Fitnesscenter entführt werde, um *positive Schmerzen* zu erdulden? Natürlich bin ich gereizt, und jetzt lass uns endlich abhauen, bevor ich es mir noch anders überlege.«

»Ich dachte, es interessiert dich vielleicht, dass Sabine keine Kurse mehr im Studio gibt.«

»Was? Wieso das denn?«

»Na ja, sie hat ganz kurzfristig ein Angebot von einem Studio in Ludwigshafen bekommen und zugesagt. Ging alles sehr schnell. Peter war nicht gerade erfreut darüber. Aber was will er machen?«

»Das ist doch mal eine gute Nachricht! Unter diesen Umständen muss ich ja nicht befürchten, ihr noch einmal über den Weg zu laufen. Bin nämlich gerade einigermaßen darüber hinweg.«

»Mann, dich muss es aber richtig erwischt haben!«

»Komm, lass uns gehen!«

»O. k., auf geht's!«

Ich bin überrascht. Stefan, der sich normalerweise beim Training stets auspowern muss, lässt es, was mir heute sehr entgegenkommt, äußerst gemächlich angehen. Der nimmt doch tatsächlich Rücksicht auf mich! Diese Charaktereigenschaft ist mir bei ihm bisher verborgen geblieben.

Und er hat recht. Nach dem Gewichtstraining und dem anschließenden Ausdauertraining auf dem Crosstrainer ist meine Müdigkeit verflogen, und da die Sauna samstags nicht so stark frequentiert ist, lassen wir uns die Chance auf einen geruhsamen Ausklang unseres Studiobesuchs nicht entgehen.

»Na, hab ich recht gehabt oder hab ich recht gehabt? Das war doch eine hervorragende Idee, unsere alten Kadaver zu bewegen, oder etwa nicht?«

»Jetzt übertreib nicht gleich.«

»Du solltest in Zukunft einfach mehr auf den guten, alten Stefan hören.«

»Quatsch nicht rum!«

»Tja, nur intelligente Menschen haben so tolle Einfälle.«

»Und warum hast *du* dann diesen Vorschlag gemacht?«

»Blödmann!«

Inmitten unserer geistreichen Konversation öffnet sich plötzlich die Saunatür, und eine solariumgebräunte, durchtrainierte junge Frau leistet uns Gesellschaft.

»Hallo, Christiane!«

»Hallo!«

»Darf ich dir meinen Trainingspartner Tommy vorstellen?«

»Ah, du bist also der berühmte Tommy! Stefan hat mir schon viel über dich erzählt.«

Was hat dieser Depp hinter meinem Rücken über mich gelabert?

»Hallo, schön, dich kennenzulernen.«

»Christiane ist die neue *Indoor-Cycling*-Trainerin. Sie hat die Stunden von Sabine übernommen«, klärt Stefan mich auf.

»Richtig! Ihr müsst unbedingt einmal einen meiner Kurse besuchen. Das macht irre viel Spaß und verbrennt obendrein noch eine Menge Kalorien.«

Ja, und quetscht einem die Eier kaputt. Ich darf gar nicht daran denken, wie schmerzhaft das war.

»Natürlich, wir kommen gerne. Ich habe mir schon extra eine Radlerhose besorgt. Tommy hat sogar schon an einem *Indoor-Cycling*-Kurs teilgenommen. Hat ihm gut gefallen, nicht wahr?«

»Dann weißt du ja, wie viel Spaß das macht.«

Klar, wenn man masochistisch veranlagt ist. So ein Arschloch! Mich bringt niemand mehr in diesen Quetschkurs.

Ich glaube, ich habe mich geirrt. Stefan nimmt doch keine Rücksicht. Er wollte mich wohl nur in Sicherheit wiegen, um mir später eins reinzuwürgen. Ich hätte es mir ja denken können. Na warte, Rache ist süß!

»Wann ist denn dein nächster Kurs?«, stelle ich mich neugierig.

»Morgen früh um zehn Uhr dreißig.«

Scheiße, sonntags, mitten in der Nacht. Aber der Spaß ist es mir wert!

»O. k., wir kommen.«

»Prima, ich freu mich.«

Na, und ich erst! Diesen Kurs wird mein holder Trainingspartner niemals mehr vergessen. Dafür werde ich Sorge tragen.

Anschließend begleitet mich Stefan noch beim Einkaufen. Schließlich habe ich nach meinem Urlaub außer einer Dose mit Sauerkraut, einen Joghurt mit abgelaufenem Verfallsdatum und zwei bereits halb verfaulten Äpfeln nichts Essbares mehr im Haus. Ich sehne mich, nach dem Fraß der letzten Tage, nach einem schönen knusprigen Stück Brot, frischem Gemüse, genießbarem Kaffee und ganz besonders nach gutem deutschem Bier.

»Hallo, ihr beiden!«, höre ich eine Stimme in der Gemüseabteilung neben mir. »Lange nicht mehr gesehen.«

»Oh … Christiane! Angezogen habe ich dich beinahe nicht wiedererkannt«, platzt es aus mir heraus.

Ihre Begleitung, ein fast zwei Meter großer Mann mit durchtrainiertem, muskulösem Körper, mustert mich daraufhin mit finsterem Blick langsam von oben bis unten.

Verdammt! Was habe ich da eben für einen Bolzen losgelassen?! Warum kann ich denn nicht einfach mal meine blöde Fresse halten? Dieser Typ, Marke Türsteher, befördert mich bestimmt auf der Stelle ins Jenseits.

»Hi, Christiane, du hast deinen Saunabesuch also offensichtlich auch schon beendet«, versucht Stefan die Situation zu retten.

»Ja, ich habe heute nur einen Durchgang gemacht. Übrigens, darf ich euch meinen Verlobten vorstellen?«

»Hallo, ich bin der Jürgen.«

»Hallo, ich heiße Tommy, und das ist Stefan.« Freundlich lächelnd reicht uns Christianes Verlobter die Hand zur Begrüßung. Schwein gehabt!

»Seid uns nicht böse, aber wir müssen weiter. Haben noch einiges zu erledigen. Wir sehen uns dann morgen im Kurs.«

Und schon sind die zwei Richtung Obstabteilung verschwunden.

»Sag mal, musst du denn immer solch eine große Klappe haben? Hast du gesehen, wie der Kerl dich erst angestarrt hat? Du kannst froh sein, dass ich so schnell reagiert und das mit dem Saunabesuch aufgeklärt habe. Ich hätte dich sonst wahrscheinlich im Krankenhaus besuchen können.«

»Jetzt übertreib doch nicht gleich wieder! Ist mir eben einfach so rausgerutscht.«

»Ich und übertreiben? Ich untertreibe wahrscheinlich noch.«

Am Abend genieße ich das leckere Brot, pur, ohne Belag. Toll, wie das im Vergleich zu dem amerikanischen Schwabbelbrot schmeckt. Ich kaue langsam und genieße dabei jeden einzelnen Bissen. Normalerweise bin ich kein ausgesprochener Brotesser, aber in den USA lernt man das deutsche Bäckerhandwerk schätzen.

Natürlich läuft auch das Bier runter wie Öl. Aah, wie ich das vermisst habe! Ich glaube, ich habe noch nie eine

Flasche Bier so langsam und bewusst getrunken wie an diesem Abend. Hopfen und Malz – Gott erhalt's!

Vor dem Zubettgehen verstaue ich noch eine Tube *Trauma-Salbe* in meiner Trainingstasche, um Stefan eine kleine Freude zu bereiten. Das wird ein Spaß!

Punkt zehn Uhr klingelt es an meiner Haustüre.

»Du bist ja schon fertig, Tommy! Toll, dann lass uns gleich los.«

Der kann es wohl nicht mehr abwarten. Das trifft sich gut. Ich nämlich auch nicht.

Jetzt muss ich in der Umkleidekabine nur noch eine günstige Gelegenheit nutzen.

»Du, Tommy, ich muss eben noch mal schnell pinkeln gehen. Bin gleich wieder da.«

Und da ist sie auch schon, die Gelegenheit! Geil, der macht es mir aber leicht. Das ist ja fast schon zu einfach. Da fehlt mir ja direkt so etwas wie eine echte Herausforderung.

Kaum ist Stefan verschwunden, mache ich mich ans Werk. Zu meiner eigenen Sicherheit drücke ich die Tube auf einem Papiertaschentuch aus, ehe ich damit die *Trauma-Salbe* dünn auf die Innenseite seiner Radlerhose auftrage.

»Du bist ja noch immer nicht umgezogen. Jetzt beeil dich aber, sonst fangen die noch ohne uns an.«

Wir haben Glück. Als wir den Kursraum betreten, sind nur noch zwei Räder frei.

»Hallo, schön, dass ihr gekommen seid«, begrüßt uns Christiane.

Schon nach etwa fünf Minuten beginnt Stefan unruhig

auf seinem Sattel hin und her zu rutschen. Schadenfroh schweift mein Blick zu ihm hinüber. Tja, mein Lieber, du musstest ja gestern so eine große Klappe haben.

Zwei bis drei Minuten später bilden sich bereits einige Schweißperlen auf seiner Stirn, und diese sind mit an Sicherheit grenzender Wahrscheinlichkeit nicht auf das leichte Aufwärmprogramm zurückzuführen. Ich wette, der hält es nicht mehr lange aus! Bin mal gespannt, ob er sich bis zum Ende des Aufwärmens noch auf dem Sattel halten kann. Süß, wie er versucht, sich nichts anmerken zu lassen. Ich kann mir vorstellen, wie er sich untenrum fühlen muss. Fast bekomme ich sogar ein wenig Mitleid mit ihm.

Ich gebe ihm höchstens noch fünf Minuten, allerhöchstens! Doch da habe ich mich wohl etwas verschätzt. Keine dreißig Sekunden später verlässt Stefan unter den fragenden Blicken der anderen Kursteilnehmer den Saal.

»Ich schau mal, was mit ihm los ist«, heuchle ich Mitgefühl vor. »Wohl mal wieder sein Kreislauf – nicht, dass er noch umkippt.«

Als ich die Umkleidekabine betrete, ist diese völlig leer. Auch Stefan ist weit und breit nicht zu sehen. Nur sein T-Shirt, seine Socken, seine Sportschuhe und die tolle neue schwarze Radlerhose liegen verstreut auf dem Boden. Also werfe ich einen Blick in die Dusche, und was ich dort zu sehen bekomme, entbehrt nicht einer gewissen Komik.

Breitbeinig steht mein Trainingspartner da und lässt sich aus einem Schlauch, der für Kneipp'sche Güsse gedacht ist, eiskaltes Wasser auf seine Klöten spritzen. Zum ersten Mal in meinem Leben bereue ich es, kein Handy mit integrierter Kamera zu besitzen.

»Was ist denn mit dir los? Bist du etwa pervers, oder was?«

»Halt bloß dein blödes Maul, du Arschloch! Weißt du, wie das brennt? Wenn du nicht sofort abhaust, dann kannst du deine Scheiß-*Trauma-Salbe* fressen!«

»Welche *Trauma-Salbe*?«

»Jetzt spiel bloß nicht das Unschuldslamm!«

»Ich weiß nicht, was du meinst.«

»Und ob du das weißt! Schließlich hast du hirnlose Missgeburt die Tube neben deiner Sporttasche liegen lassen.«

»Traust du mir so etwas zu?«

»Natürlich, als ich vorhin kurz auf dem Klo war, bist du nämlich alleine in der Umkleidekabine geblieben.«

Ich glaube, da kann ich mich beim besten Willen nicht mehr herausreden. Dabei habe ich so gut aufgepasst und den günstigsten Moment abgewartet - und dann unterläuft mir solch ein Anfängerfehler.

»Jetzt sei nicht so empfindlich! War doch nur ein kleiner Spaß!«

»Ein kleiner Spaß? Jemandem die Schlüssel verstecken oder Zahnpasta in die Schuhe schmieren, das ist ein Spaß. Einem Freund die Eier zu verätzen, da ist die Grenze des guten Geschmacks allerdings weit überschritten, mein Lieber. Und jetzt hau endlich ab, sonst reiß ich dir den Kopf ab und scheiß dir in den Hals.«

Mein Gott, ist der primitiv! Diese Fäkalsprache ist ja unterste Schublade, einfach ekelhaft.

Da ich nicht zu dem Perversen unter die Dusche

möchte und auch nicht geschwitzt habe, ziehe ich mich um und setze mich zu Peter an die Theke. Auf dieses Niveau lasse ich mich nämlich keinesfalls herab. Soll der sich doch erst einmal, im wahrsten Sinne des Wortes, abkühlen.

»Hallo, dich habe ich aber lange nicht mehr hier gesehen. Warst du krank oder einfach nur trainingsfaul?«

»Weder noch! Ich war im Urlaub. Ich habe aber gestern schon mit Stefan trainiert.«

»Ach so! Gestern hatte ich meinen freien Tag, deshalb haben wir uns nicht gesehen. Wo warst du denn im Urlaub?«

»In den USA. Mein Bruder und ich haben dort unseren Onkel besucht.«

»Klasse! In den USA haben meine Frau und ich unsere Flitterwochen verbracht. Das ist allerdings schon ein paar Jährchen her. Das waren noch Zeiten! Drei Wochen sind wir durch die Gegend gefahren und haben einige Nationalparks durchfahren. Wo wohnt denn euer Onkel, wenn ich fragen darf?«

»In Idaho! Aber natürlich haben wir auch eine Rundreise gemacht. Man will ja auch etwas von dem riesigen Land sehen. Schließlich kommt man ja nicht alle Tage dorthin.«

»Da hast du recht! Die Landschaft ist ja auch sehenswert.«

»Allerdings.«

Nachdem ich mich jetzt schon gut eine Viertelstunde mit Peter unterhalte und Stefan immer noch nicht aufgetaucht ist, beginne ich mir doch so langsam ernsthaft

Sorgen zu machen. War mein Streich vielleicht wirklich ein wenig unter der Gürtellinie? Seltsamerweise plagen mich jetzt doch so etwas wie Gewissensbisse. Bin ich dieses Mal zu weit gegangen? Es sollte ja nur ein kleiner Gag sein, und lustig hat es ja schon ausgesehen, wie er da unter der Dusche stand. Ich habe doch nicht gewusst, dass diese Salbe im Intimbereich derartige Schmerzen verursacht. Ich wollte ihm doch nur ein leichtes Wärmegefühl zwischen seinen Beinen verschaffen. Oder ist dieser Perverse einfach nur sehr empfindlich?

Trotz mehrfacher Entschuldigung meinerseits spricht Stefan auf der gesamten Heimfahrt kein Wort mit mir. Er hält den Wagen direkt vor meiner Haustür und lässt mich kommentarlos aussteigen. Selbst meine Versuche, ihm zu versichern, dass es wirklich keine Absicht gewesen sei, ihm solche Schmerzen zuzuführen, stoßen auf taube Ohren. Aber mehr, als mein tiefstes Bedauern über den Vorfall zum Ausdruck zu bringen, kann ich beim besten Willen nicht tun. Wenn er meine Entschuldigung nicht annimmt, kann ich ihm auch nicht helfen. Soll er eben wie eine kleine Zicke weiterschmollen.

Unter diesen Voraussetzungen erscheint es mir sinnlos, mich mit Stefan für heute Abend zu verabreden. Stattdessen rufe ich Markus an.

»Alles klar, Tommy! Bis um sieben im *Drecksack*. Dann musst du mir aber alles über deinen USA-Trip erzählen, ja?!«

»Na klar, bis später. Tschüss!«

»Tschüss!«

Da ich mir sicher bin, dass *Mr. Time Management* auch

diesmal nicht pünktlich sein wird, lasse ich mir Zeit und komme selbst eine gute Viertelstunde zu spät.

Und natürlich behalte ich recht. Von Markus ist weit und breit noch nichts zu sehen. Also bestelle ich etwas zu trinken und suche mir einen Platz auf einem der bequemen Sofas. Kaum habe ich eine gefühlte Ewigkeit gewartet, erscheint *Mr Pünktlichkeit* auch schon. Ohne sich für sein Zuspätkommen zu entschuldigen, bombardiert er mich sofort und ohne Vorwarnung mit Fragen. Niemals hätte ich am Telefon den Kauf des Grundstücks auch nur mit einer Silbe erwähnen dürfen!

»Und du hast wirklich ein Stück Land in den USA gekauft? In welchem Staat? Ist das denn als Ausländer erlaubt? Ist das nicht ein riesiger Aufwand? Was willst du denn damit anfangen? Hast du vor, etwas darauf zu bauen?«

Oh Gott! Hoffentlich blute ich nachher nicht aus den Ohren!

»Also immer schön der Reihe nach! Ich habe meinem Onkel ein Gelände mit rund elfeinhalbtausend Quadratmetern abgekauft. Es liegt in Idaho, und der Kauf war in ein paar Minuten abgewickelt.«

»Habe ich mich da gerade verhört? Wie viele Quadratmeter?«

»Elfeinhalbtausend.«

»Du machst Witze!«

»Nein.«

»Komm, verarsch mich nicht!«

»Ich verarsch dich nicht.«

»Und was hast du dafür bezahlt?«

»Achttausendfünfhundert Dollar und drei Dollar für die Notargebühren und den Grundbucheintrag.«

»Du willst mir allen Ernstes weismachen, dass du ein Grundstück in der Größe von fast zwei Fußballfeldern für nicht einmal neuntausend Dollar, inklusive Nebenkosten, gekauft hast?«

»Richtig.«

»Verrückt! Und das ist wirklich kein Scherz?«

»Ich beliebe niemals zu scherzen.«

»Wahnsinn!«

»Nicht wahr? Ich gehöre nun zum erlesenen Kreis von Großgrundbesitzern, und vielleicht lässt sich damit ja eine Wertsteigerung erzielen. Und wenn nicht, ist es auch nicht schlimm. Es frisst ja kein Brot, und die knapp siebzig Dollar an Steuern, die jedes Jahr anfallen, kann ich mir gerade noch so leisten.«

»Mach es doch so, wie es Kostolany mit seinen Aktien gemacht hat: kaufen, eine Schlaftablette nehmen und irgendwann nachschauen, was für einen Gewinn man erwirtschaftet hat.«

»Na, mein Onkel wird mich schon informieren, wenn sich an den Grundstückspreisen etwas Gravierendes ändern sollte.«

Anschließend will Markus noch detailliert über unsere Aufenthalte in Los Angeles und Las Vegas sowie den Ausflug in den Yellowstone-Nationalpark informiert werden. Natürlich komme ich, nachdem er mir ein Bier ausgegeben hat, seinem Wunsch gerne nach. Dabei gerate ich erneut ins Schwärmen über das Erlebte. Plötzlich macht es mir nichts mehr aus, mit Fragen gelöchert zu werden. Im Gegenteil, ich genieße es, den Urlaub vor meinem geistigen Auge Revue passieren zu lassen, und ich vergesse dabei völlig, dass es mittlerweile recht spät geworden ist und ich morgen wieder früh aufstehen muss.

»Was? Es ist ja schon fast elf Uhr.«

»Ja und?!«

»Ich glaube, es wird langsam Zeit aufzubrechen.«

»Wieso denn? Bleib noch ein bisschen. Ich bestelle uns noch ein Bierchen.«

»Nein, vielen Dank! Ich habe noch ein wenig Probleme mit der Zeitverschiebung, und morgen früh muss ich wieder ins Geschäft.«

Auf dem Heimweg mache ich noch einen kleinen Abstecher zu meiner Bank, um am Online-Automaten Onkel Deti das Geld für das Grundstück zu überweisen. So kann ich heute Nacht mit ruhigem Gewissen schlafen und morgen schuldenfrei zu *P. Johnson* gehen.